DREAMBOOKS

DREAMBOOKS

DREAMBOOKS

의원강호
기공흑마 신무협 장편소설

ORIENTAL FANTASYSTORY & ADVENTURE

dream books
드림북스

의원강호 5

초판 1쇄 인쇄 / 2015년 8월 18일
초판 1쇄 발행 / 2015년 8월 28일

지은이 / 기공흑마

발행인 / 오영배
책임편집 / 편집부
펴낸 곳 / (주)삼양출판사 · 드림북스

주소 / 서울시 강북구 도봉로 173
대표 전화 / 02-980-2112 팩스 / 02-983-0660
편집부 전화 / 02-980-2116 팩스 / 02-983-8201
블로그 / blog.naver.com/dreambookss

등록번호 / 제9-00046호
등록일자 / 1999년 3월 11일

ⓒ 기공흑마, 2015

값 8,000원

(주)삼양출판사 · 드림북스의 서면 허락 없이는 어떠한
형태나 수단으로도 이 책의 내용을 이용하지 못합니다.

ISBN 979-11-313-0235-4 (04810) / 979-11-313-0216-3 (세트)

* 지은이와 협의하에 인지는 생략합니다.
* 잘못된 책은 구입한 곳에서 바꾸어 드립니다.

이 도서의 국립중앙도서관 출판시도서목록(CIP)은 서지정보유통지원시스템홈페이지
(http://seoji.nl.go.kr)와 국가자료공동목록시스템(http://www.nl.go.kr/kolisnet)에서
이용하실 수 있습니다. (CIP제어번호: 2015022157)

의원강호
기공흑마 신무협 장편소설

5

ORIENTAL FANTASYSTORY & ADVENTURE

dream books
드림북스

목차

第一章 작은 문제가 생기다   007
第二章 본격적인 연구   027
第三章 완전하지만은 않았다   049
第四章 괜한 소문이 나다   069
第五章 욕심이란……   091
第六章 짐승에게, 인정을 버리다   113
第七章 감사를 표하다   135
第八章 미친 짓   153
第九章 억지 깨달음   171
第十章 이끌어 가다   191
第十一章 기초를 수립하다   211
第十二章 상생을 하다   231
第十三章 그 아이의 하루   249
第十四章 무엇을 보는 걸까?   271
第十五章 여름에 피는 꽃   289

第一章
작은 문제가 생기다

"만드는 것은 의외로 큰 문제가 아닐지도······."

기억이 있으니까. 전생에 있던 것들을 활용하면 좀 더 나은 걸 만들 수 있다.

전생에 밋밋하다면 밋밋한 인생을 살았던 덕분에 가질 수 있는 지식이랄까.

부잣집 자제는 못 되어서 살 길은 공부라 여겨, 의대에 들어갔었지만 거기서도 돈에 밀려 성형외과의 대신 정형외과를 전공했었던 자신이었다.

뛰어난 의사는 아니었고 그렇다고 능력이 부족하지는 않아서 중간 정도는 갔었지 않은가. 덕분에 종합병원 의사 직함까지는 달 수 있었다.

'그래도 마냥 장밋빛은 아니었지.'

수련의 시절 고생만 죽살 나게 하다가, 서른다섯이란 나이에 교통사고로 죽었던 자신이지 않은가.

취미라고 할 것도 없어서 남는 시간에 독서를 한 것이 다였다. 소설을 보고, 괜찮다는 만화책을 찾아보고 흥미로운 것들을 좀 기억한 것뿐.

덕분에 밋밋한 인생을 살았노라고 말하는 운현, 자신이다.

'공부 말고, 연애도 좀 하고 그랬어야 했는데…… 으음…… 뭐 그래도 당장에 도움이 되는 게 있으니까.'

약을 만들기 위해서, 전생의 기억들을 뒤집어 보니 왠지 모르게 조금은 감상에 잠기는 운현이었다.

"뭐 그래도 지금이 나쁘지는 않으니까."

환생을 하면서 확실히 배운 것이 있다면, 지금에 만족하는 방법이리라. 덕분에 버티면서 앞으로 나아갈 수 있는 것이고.

"흐음…… 그러자면 역시 가장 먼저는 계획대로 페니실린이겠고. 그 다음으로는 더 좋은 상비약 정도인가."

그동안 보관이 문제였지만, 이제는 보관을 할 수 있게 하는 것도 만들어지지 않았는가. 자신을 묶던 제약 조건 중 하나가 사라진 셈이다.

냉장고를 이용하면 좀 더 많은 것을 만들고, 좀 더 나은 것을 만들어 갈 수 있으리라.

분명 그리 생각하며 연구에 매진해 나아가려는 찰나.

"잠시 시간 좀 내주시지요."

"으음?"

자신의 족쇄를 풀어 주었다고 할 수 있는, 장인 한춘석이 자신을 찾아왔다.

* * *

냉장고를 만든 뒤로도 의료 기구를 만들어 주었었고, 여러 가지 도움을 계속해서 주고 있는 한춘석이다.

그가 열심히 일을 한 덕분으로 의방에는 부족함이 없는 상태다.

그 반작용으로 별달리 더 할 일이 없는 한춘석은 수선하는 정도의 소일거리를 하면서 잠시 시간을 보내는 상태.

그런 그가 자신을 찾아왔다는 것은 무언가 일이 생겼다는 말과 다름없었다.

"무슨 일이신지요?"

"작은 문제가 발생했습니다."

"문제요?"

"예. 음…… 이걸 만들 때까지만 해도 생각을 못했던 부분인데……."

그가 가리키는 것은 냉장고였다.

운현으로부터 지식을 빌렸다고는 하나, 그가 없었으면 만들기 힘들었을 역작이기도 했다.

그처럼 믿을 만한 자가 아니었더라면 이런 것도 부탁을 하지 못했을 테니까.

그런 한춘석으로서는 장인인 자신이 만든 물건에 결함이 있다는 것을 인정하기 힘들었을 것이다.

그러니 잠시 말을 멈추고 침묵을 하는 것이겠지.

"문제가 큰 것입니까?"

"차갑게 보관하는 걸 따서 냉장(冷藏)이라 하셨지요. 그 냉장력이 부족합니다."

"부족요?"

냉장고를 만든 것은 용이하게 보관을 하기 위해서다. 쉽게 말해 냉장을 하기 위해서. 그런데 그 능력이 부족하다니?

냉장력이라고 단어를 붙인 것에 어색함을 느끼기 이전에, 운현은 궁금증부터 생겼다.

"지금이야 겨울이라…… 잘 느껴지지 않으시겠지만, 처음에 이야기하신 거보다 확실히 부족합니다."

"이를테면 어떤 게 부족하지요?"

대체 뭐가 부족한 걸까?

전생에, 일개 회사가 아프리카 사람을 위해서 만든 것이 이 전기 없는 냉장고다. 광고를 위해서라지만 그 결과는 선의.

그들이 냉장고를 만든 덕분에 평생에 시원한 물 한 번 먹지 못하던 자들이 시원한 물을 먹고 기뻐하던 장면이 아직도 눈에 선하다.

특이한 경우였던 덕분에 여태껏 기억을 하고 있었고, 그것을 응용해서 실제로 구현해 내는 데까지 성공하지 않았던가.

'원리도 그리 어렵지 않은 원리였고······.'

그런데 능력이 부족하다고 하는 이유가 무얼까? 냉장이 잘 되지 않는 건가?

"태양 빛이 없을 때가 문제인 겁니다. 생각보다 태양이 강하지 않으니······ 그리고 이곳 자체가 그리 태양이 강하지 않은 것도 이유겠지요."

"아아······."

그 말을 듣고서야 깨달은 운현이다. 운현이 미처 생각하지 못했던 부분이었다.

자신이 만든 냉장고를 개량하기 위해 매일같이 살펴보는 한춘석이기에 알 수 있는 부분이기도 했다.

아마 그가 발견을 하지 않았더라면, 자신은 봄이 지나 뜨

거운 여름이 되어서야 문제점을 발견했을 것이 분명했다.

자세히 살펴보기에는 그가 해야 할 일이 많았으니까.

"지금에라도 찾아서 다행이로군요."

"그런 것입니까? 후우…… 나름 열을 다해 만든 것인데 이런 결과가 나와서…… 죄송합니다."

"아니요. 솔직히 장인께서 노력해 주시지 않았더라면, 만들지도 못했을 것을요."

간단한 원리의 물건을 만드는 것이지만, 무엇이든 손으로 새로운 것을 만든다고 하는 것은 쉬운 일이 아니다.

그게 쉬운 일이었다면 누구나 장인이고, 누구나 필요한 물건을 만들어 쓰지 않았겠는가.

그런 의미로 보자면 한춘석이 단, 몇 달만에 냉장고를 만들어 내고 그것의 성능까지 살펴보는 것은 대단한 일이다.

꽤나 공을 들여서 하고 있다는 반증이기도 하고.

그러니 여러 가지 의미로 보아 그의 공은 크다면 큰 것이지, 지금처럼 죄송하다 말할 일이 아닌 것이다.

더 이런 식으로 이야기를 해 보았다가는, 장인으로서 자존심이 강한 한춘석만 못 볼 꼴을 볼 수 있는지라 운현은 일단 분위기를 환기해야 함을 느꼈다.

"자자, 지금 이런 식으로만 이야기해 봐야 더 무슨 해결법이 있겠습니까? 일단은 해결법부터 같이 찾아보지요."

"……예. 일단 제가 해 보려던 방법이 몇 개 있기는 한데……."

홀로 해결을 해보려고 노력을 한 것인지 한춘석은 자신이 생각하던 바를 말함에 막힘이 없었다.

평소 말이 적은 편에, 괄괄한 큰 목소리를 가진 그치고는 조근조근한 목소리였다.

'일이 이러니 의기소침하시는군. 흐음…….'

운현은 이 일만 해결되게 되면 한춘석에게 따로 신경을 써 줘야겠다고 생각하며, 우선은 냉장고의 문제 해결을 위해 움직였다.

*   *   *

'자세히 보니 많기도 하군…….'

일을 해결해야 하니, 우선은 자신의 진료실보다는 물건을 만드는 한춘석의 공방에서 움직이기로 한 운현이다.

안으로 들어서서 한참을 보고 있자니 전에는 보이지 않던 여러 장비들이 보였고, 냉장고를 만들다 남았을 재료들이 보였다.

거기에 더해진 의료기구들과 일견 괴상해 보이는 공구들을 보자니, 평소 한춘석이 얼마나 많은 작업을 하는지 눈에 보일 정도였다.

'신기하군······.'

자신과는 다른 분야.

하지만 그 깊이만큼은 자신 이상의 깊이를 가지고 있음이 분명한 장인의 공방을 보고 있자니 묘한 기분을 느끼는 운현이었다.

한참 보고 있자니, 한춘석이 창고에서부터 무언가를 꺼내왔다. 끈적끈적해 보이는 액체였다.

"우선은 냉장고의 문이 닫히고도 틈이 있는 것에 문제가 있다 싶었습니다. 해서 모서리에 아교나, 풀을 찾아 발라봤지요."

"효과가 있었습니까?"

"예. 전에 비해 확실히 효과가 있기는 했습니다. 문제는 그래도 신의님께서 말씀하신 정도의 성능은 아니더군요."

"흐음······."

입구를 막은 것은 보온병과 비슷한 원리다.

사방이 가로막힌 상태로 냉장을 하게 되면 온도가 천천히 떨어지는 원리다.

실제로 얼음을 보관할 때 담요를 덮어서 보관하지 않던가.

'용케도 이런 해결책을 찾았군.'

한춘석은 아직 부족하다 말하지만, 냉장고의 사방을 잘

막아내는 것만으로도 냉장력은 꽤 올라갈 것이다.

괜히 보온병이나, 보냉병이 사방이 막히게 만들어진 것이 아니니까.

"거기다 풀 같은 것을 바르다 보니 사용하는 데 불편함이 있기는 하더군요."

"확실히 그렇겠군요. 그래도 일단 중요한 것은 오래 보관하기 위한 냉장이니 약간의 불편함은 감수해야겠지요."

"나중에라도 다른 것이 있다면 대체를 하겠습니다."

"예. 그래 주신다면야 저야 감사하지요."

자신이 만드는 물건에 대해서 끝까지 책임지는 것. 장인인 그이니까 가능한 일일 것이다.

'전생에 회사 같은 데서도 이런 장인정신을 가졌으면 오죽 좋았을까.'

괜한 아쉬움을 가져 보지만, 어차피 지금의 자신과는 상관없는 일이다.

이익만을 추구하는 그들에게 장인정신 같은 게 있을 리도 없으니 어차피 바꾸지 못할 문제기도 했고.

"으음…… 이렇게 해서 냉장력을 높여도 아직 부족하다는 거지요?"

"예. 지금이야 겨울이라 다행이라 하지만…… 역시 여름이 문제지 않겠습니까?"

"여름에 태양이 세게 내리쬐도 무리라고 보시는 겁니까?"

"단언은 하지 못하겠습니다만…… 그리 보입니다."

한춘석이 그렇다면 그런 걸 거다. 그 나름 해결법을 찾기 위해서 노력을 했을 테니까.

"흐음…… 일단은 여러 가지로 생각을 좀 더 해보지요. 분명 방법이 있을 겁니다."

"예. 저도 더 노력해 보겠습니다."

한 회사가 전기를 필요로 하지 않는 냉장고를 만들어 냈었다. 그들도 처음 그런 일을 해낼 때에는 말도 안 된다는 소리를 들었을 것이다.

기화열이라는 간단한 능력을 사용해서 만든 것이었지만, 확실히 대단한 일이었다. 누군가를 위한 선의이기도 하였고.

그런 그들도 해냈는데 자신이라고 해서 못할 것은 무엇이 겠는가?

'연구해 봐야겠지. 으음…… 약보다도 이게 더 먼저가 돼 버렸구만.'

냉장고가 끝나면 약 연구에 매진할 수 있을 거라 여겼는데 다시 냉장고라니. 역시 삶이라는 것은 변수가 많았다.

하지만 그렇기에 삶이 재밌는 것이 아니겠는가?

굴곡 없는 인생만큼이나 재미가 없는 삶도 또 없을 테니까.

피하지 못하면 즐기자 라는 마음으로 공방에 파묻히기 시작하는 운현이었다.

* * *

풀이나 아교를 바르는 부분은 이용이 너무 불편했다. 해서 생각한 부분이 문을 위로 바꾸자는 것.

간단히 중력을 사용하는 방법으로도 문을 여닫는 문제와 불편에 대한 문제는 해결이 되었다.

문의 문제를 확실하게 해결을 하고 보니 그 다음은 역시 냉장고 자체의 성능 문제.

'본래 아프리카나 사용하라고 만든 거였지…… 거기서 표어가 더울수록 차가워진다였나.'

애당초 아프리카와 중원의 온도가 같을 리가 없었다. 태양이야 똑같이 동에서 떠서 서에서 저물지만 온도 같은 것이 같을 리가 있겠는가.

그곳에서는 태양빛이 강하여서 기화열의 효과가 컸고, 그가 있는 등산현에서는 그러지를 못할 뿐이다.

여름이 될 경우에도 물론 지금보다는 기온이 올라가기는 할 거다. 하지만 한춘석의 말대로라면 기대 이하라 할 것이니 기대 이하일 것이다.

이런 면에서는 아무래도 장인인 한춘석이 자신보다 나을 수밖에 없으니 안 봐도 뻔한 결론이다.

'음…… 결국 원점에서…… 생각보다 기화를 시키지 못하니 열을 많이 뺏어가지 못한다는 게 문제겠군.'

더울수록 차가워진다는 것은, 더울수록 기화되는 양이 많으니 더욱 차가워진다는 말이나 다름없다.

"기화만 더욱 많이 되게 하면 되는 거겠군요?"

"문제는 그게 힘들다는 것 아니겠습니까?"

"음……."

결국 기화되는 양의 문제. 당장에 기화하는 양을 늘릴 수는 없다. 햇빛을 늘릴 수도 없지 않은가.

'어렵게 생각할 것도 없다. 기화시키는 것은 꼭 물이 아니어도 되지 않겠는가.'

마음 같아서야 현대에 있는 냉장고 같은 것처럼 가스도 주입하고 전기도 사용하고 싶지만, 어디 그게 되겠는가.

하지만 다른 방법으로도 가능한 방법이 있었다.

'술.'

달리 말하면 알콜. 이 녀석은 의료용으로도 자주 쓰이지만 일상생활에서도 마시기 위해 쓰이는 놈이지 않은가.

구하자면 구하지 못할 것이 없었고, 만들자면 생각보다 쉽게 만들 수도 있는 술이다.

'맛만 안 따지는 싸구려 술 같은 건 생각보다 쉽게 만들어지니까. 음…… 나쁜 방법은 아니겠는데?'

어차피 소독용으로 도수가 아주 높은 술을 사용하고 있지 않은가. 증류를 더욱 해서 농도를 높이기도 했고 말이다.

안 그래도 도수가 강한 중국의 술인지라 이런 식으로 구하는 것은 생각보다 쉬웠다.

"술을 사용하도록 하지요. 비용이야 의방에서 그 정도는 감당이 될 거고. 정 안 되면 만들기라도 해 봐야지요."

"술을 말입니까?"

"예. 물보다는 술을 사용하면 기화가 좀 더 빠를 겁니다. 직접 실험을 해 보셔도 됩니다."

"흐음…… 일단 해 보겠습니다."

장인적인 어떤 방법을 마련해서 해결을 하는 것이 아니라, 단순히 물이 아닌 술을 기화시키는 데 사용한다고 해서일까?

한춘석으로서는 운현의 방법이 그리 마음에 들지는 않는 듯했다.

하지만 어쩌겠는가. 달리 다른 방법이 없다면 당장에는 운현이 만든 방법을 사용하는 것이 나았다.

"여기 가져왔습니다."

술을 구하는 것이야 쉬웠다. 이미 구비된 것을 가져 오는 것만으로도 충분했으니까.

낮이 되자마자, 당장에 운현과 한춘석은 기존에 하던 물을 대신하여 술을 냉장고 위에 넓게 뿌렸다.

그리고 그 결과는.

"……되는군요."

"확실히 전보다 나아진 거 같습니다."

몸으로 느껴질 만큼 온도가 떨어졌다는 거다. 전과 비교를 해 봐도 적어도 2—3도 정도는 더 떨어진 듯했다.

역시 물보다는 술이 기화가 더욱 잘 되다 보니 자연스럽게 그 온도가 떨어지게 된 것이다.

현대인의 상식을 활용한 아주 깔끔한 해결이었다.

생각 이상으로 단기간에 해결을 한 덕분에 운현으로서는 꽤나 만족스러운 상황이었다. 효율적이었으니까.

'좋군……'

이대로라면 그대로 사용해도 무리는 크게 없을 듯했다. 실상, 보관을 하는 데 냉동실처럼 영하로까지 떨어질 필요는 없기 때문이다.

'으음. 마음에 안 드는 건가?'

생각보다 쉬이 해결됐다. 냉장고 자체를 개조하는 것이 아니라 단순히 물을 술로 바꾸는 것만으로도 큰 효과가 있었다.

술을 들여야 하니 비용이 더 들기도 하고, 성능도 미흡하기는 해도, 그 정도야 전기 없이 돌리는 것이니 감수해야 하지 않겠는가?

현대도 아니고 그 정도의 성능차야 감수할 만했다.

그래도 운현으로서는 마음에 걸리는 자가 있으니 바로 한춘석이었다.

그는 어떤 장인적인 방법으로 문제를 해결하지 못한 것에 대해 불만이 있는 듯했다.

이를테면 장인으로서의 자존심 문제가 약간은 삐뚤어진 방식으로 표출된 것이 아닌가 싶었다.

냉장고의 성능 문제를 생각보다 손쉽게 해결했음에도, 그의 얼굴은 펴질 줄을 몰랐다.

'흐음…… 그럼 역시 연구할 거리를 던져 주는 것이 좋겠지?'

물 대신 술을 이용하는 것 외에도 미리 생각해 놓은 바가 있었다.

전기가 아니더라도 동력을 활용하여 기화를 도울 만한 방법이 있던 것이다. 하지만 당장에 만들 수도, 사용을 할 수도 없는지라 접어 두었던 생각이기도 했다.

'톱니바퀴, 소, 날개.'

이 세 개를 이용하면 비록 현대처럼 완벽한 것은 아니지만 만들어 낼 수 있는 것이 있었다. 선풍기.

소가 원을 그리면서 움직이도록 만들고, 톱이 바퀴를 이용해서 날개를 회전하게 하면 생각보다도 쉽게 전기 없는 선풍기를 만들 수 있게 된다.

하지만 문제는 여러 가지로 걸리는 바가 있다는 거랄까?

중원에서 소라는 것은 비싸면서도 농업에 중요히 쓰이는 것이지 않은가. 이런 식으로 쓴다면 밖에서 어떤 시선으로 볼지 몰랐다.

게다가 톱니바퀴라는 것도 생각보다 쉽게 만들어지는 게 아니었다. 그것을 활용하는 것도 쉬운 것이 아니고.

아마 모르긴 몰라도 한춘석에게 원리를 설명하고 톱니바퀴에 대해서 이야기를 하면 꽤나 오래 연구를 해야 할지도 몰랐다.

'냉장고 이상으로 많은 시간이 걸릴지도…….'

저래 보여도 고급 인력이라 할 수 있는 한춘석이지 않은가. 겨우 구한 장인이기까지도 했고 말이다.

그런 상황에서 그가 선풍기를 만들자고 온힘을 다해 매진을 하자면, 의료기구나 여러 가지를 만드는 데 문제가 될 수도 있다.

'당장이야 비축분이 있기는 하지만…… 앞으로가 문제겠지. 그래도 일단 선풍기가 만들어지면 강화판 냉장고가 나오

기는 하려나?'

술을 기화시키는 데 이용해서 성능을 높이고, 선풍기를 옆에서 돌림으로써 기화를 돕거나 하면 그건 그거대로 효과적일지 몰랐다.

하나뿐인 장인인 한춘석이 거기에 매달리는 시간이 얼마나 걸릴지가 문제라면 문제랄까.

'으음…… 시간이 길어지게 되면 장인을 더 구해야 할지도. 정 안 되면 제자라도 들이면 좋을 텐데 역시 무리려나?'

그냥 아무 생각 없이 맡기기만 하기에는 걸리는 바가 많았다. 역시 사람을 부린다는 것이 쉬운 문제는 아니었다.

하지만 사람을 부리자면 부림을 당하는 사람의 성향도 생각해 줘야 하지 않겠는가.

"이번 방법은 마음에 안 드시는 거지요?"

"아니 뭐…… 그래도 해결은 되었으니 괜찮습니다."

"흐음. 이거 말고도 다른 방법이 있기는 한데 말이지요? 좀 어렵기는 합니다. 연구도 해야 할 거고요."

"다른 방법이요? 뭡니까?"

역시. 대번에 표정이 환해지는 것을 보니, 다른 어떤 수단을 원하는 것이 분명하였다.

아이처럼 표정이 변하는 한춘석에 모습에 조금이나마 유쾌한 기분을 가지게 된 운현이 웃으며 말했다.

"하핫. 그러니까 이게 어떤 식이냐면 말이죠……."

운현이 생각하는 바를 말하니, 그것을 꼼꼼하게 듣는 한춘석이었다. 그답다면 그다운 모습이고, 조금 삐뚤어졌다면 삐뚤어진 모습이랄까?

그렇게 운현은 작은 소요라 할 수 있는 냉장고 문제 해결과 함께, 한춘석에게 새로운 과제를 던져주며 다시 연구에 전념할 수 있었다.

第二章
본격적인 연구

 "흐음⋯⋯ 역시 증류법뿐인가. 본래 쓰던 방법은 쓰려야 쓸 수도 없으니까. 일단 모으고 봐야겠군."

 방법을 알고 있으니 실행을 하면 될 뿐. 알고 있는 게 다행이라고 여기며 운현은 우선적으로 자신의 주변에 부탁을 했다.

 "그러니까 매(黴)를 모아 달라구요?"

 매(黴)는 바로 곰팡이였다.

 "예. 될 수 있으면 최대한 많이 필요로 합니다."

 제갈소화는 매를 구해 달라는 운현의 말에 꺼림칙한 표정을 지었다. 예나 지금이나 곰팡이가 좋을 리는 없으니 당연한 표정이랄까.

그녀는 그러면서도 궁금증이 들었는지, 여전히 꺼림칙하면서도 호기심 어린 표정으로 물었다.

"그런 걸 어디다 쓰시려고 그러시는 건지요?"

"제가 달리 어디에 쓸 곳이 있겠습니까? 뻔하지요."

"……설마 약인가요?"

"예."

"흐으…… 왠지 눅눅한 약이 될 거 같은 느낌이네요."

"하핫……."

눅눅한 약이라니. 그녀다운 상상이었다.

하기야 어떤 방식으로 약을 만들어 낼지를 모르니 곰팡이의 본디 모양새를 가지고 상상하는 것도 이해는 갔다.

하지만 과정을 보게 되면 이야기가 다르게 될 것이다.

"걱정하지 마시지요. 다 만들고 나면 보통 물처럼 될 겁니다. 이 부분은 더 연구를 해야겠지만요."

"으으…… 왠지 저한테는 처방하지 않았으면 하는군요."

역시 재료가 문제인 건가.

'재료로 따지면 더 징그러운 것은 많은데 말이지. 사향가루만 하더라도 그렇지 않나?'

운현의 기준에서 보면 사향, 해구신, 웅담 같은 것들이 더 징그럽게 느껴졌다.

같은 생물이라지만 살아 움직이는 동물을 죽여 만드는 것에 거부감을 더욱 갖는 것이다.

 하지만 이 부분도 역시 살아온 환경이나, 교육에 따라서 인식 차이가 생기는 것이니 어쩔 수 없지 않은가.

 게다가 그녀에게는 약을 쓸 일이 거의 없을 것이다.

 "음. 무림인이시니 쓸 일이 없을 겁니다. 이건 그러니까…… 보통 사람들을 위한 약이거든요."

 "보통 사람이요?"

 "예. 내공이 없는 보통 사람들에게 쓰일 약입니다."

 자신에게 쓸 일이 없다 해서인지 그녀는 그제야 꺼림칙함을 지우고는 호기심만을 얼굴에 남겨 놓은 채로 물었다.

 "흐음? 어떤 식인 것이지요?"

 "효능이야 대단하지요. 전염병 같은 것에 아주 강합니다."

 "역병에 말인가요?"

 그녀가 놀란 표정을 짓는다.

 이 시대에 역병은 천병이나 다름이 없었다. 하늘에서 벌을 주기 위해서 내린 것이라 할 정도로, 쉬이 치료할 수 있는 병이 아니었다.

 그러니 운현이 토사곽란을 그 정도 성과로 치료해 낸 것만으로도 호기신의라는 이름으로 불릴 수 있게 된 것이다.

 그러니 그녀가 놀라는 것도 당연하지 않겠는가.

"토사곽란도 이것만 있었더라면 쉬이 이겨낼 수 있었을 겁니다. 제대로 만들어진다면 말이죠."

"……대단한 효능이네요."

페니실린이 가진 효능은 이것만이 아니다.

병의 대부분의 원인은 미생물이니, 항생제를 만들어 미생물을 억제하는 것만으로도 많은 병을 치료할 수 있게 된다.

문제는,

'증류법을 활용한다지만 완전히 현대와 같은 효능을 바라기는 어렵겠지.'

그가 아무리 노력한다 해도, 개인은 개인일 따름이라는 것이다.

전생에서 보았던 소설이나 만화에서의 방법이 실현가능성이 있기는 하다지만, 그 효과까지 현대의 것이라고 보기는 어려웠다.

페니실린 자체가 현대에서도 쉬이 활용이 되기까지 오랜 시간이 걸렸던 것을 생각하면, 기대한 것 이상의 효과는 나오지 못할지도 몰랐다.

"아마도요. 하지만 역시 제대로 만들어져야겠지요."

"그 반의 효능만 가져도 대단하겠는데요. 기대가 돼요."

기대인가.

하기야 역병을 치료하는 약을 만들어 낼지도 모른다는데,

기대를 하지 않으면 그게 더욱 이상했다.

그녀는 어느샌가 곰팡이에 대한 거부감을 지우고서는 반짝거리는 눈빛으로 운현을 바라보고 있었다.

호기심의 대상이자, 호감의 대상인 운현이 해내는 일들에 대해서 더욱 호감이 더해진 듯한 눈빛이었다.

'냉장고라는 거에 이어서…… 또 새로운 거란 말이지.'

아마 운현이 페니실린에 이어서, 다른 약들도 계속해서 만들어 내려 한다는 것을 안다면 더 놀라지 않았을까?

하지만 지금 당장에는 이것만으로도 충분한 듯했다.

그녀가 반짝이는 눈빛을 그대로 한 채로, 운현에게 생글거리며 말했다.

"맡겨만 주세요. 의방을 다 뒤지고도, 등산현에 있는 매(黴)들은 전부 구해다 드릴 테니까요!"

"하핫. 그래만 주신다면 감사하겠습니다."

곰팡이 모으기가 시작되었다.

* * *

약 연구에 쓰일 곰팡이를 모으는 것은 쉬웠다.

왕정의 의방에서 일하는 자들이 적은 것도 아니고, 주변에 부탁만 해도 가져다주었으니 어려우면 그게 더 이상하지 않으랴.

"신의님께서 웬 쓸데도 없는 매(黴) 같은 거를 찾으신 담……."

"뭔가를 하시겠지. 괜히 신의님이 아니시지 않겠나?"

"설마 이게 약이 되는 건 아니겠지? 으으…… 생각만 해도 끔찍하구만."

다만 왕정이 무슨 일을 벌이려는지 호기심과 추측들이 함께 포함되기는 했다.

근거 없는 미신을 강하게 믿는 시대다 보니 운현이 하는 행동에 대한 의심이 이상한 방향으로 확산될 수도 있기는 했다.

하지만 그런 것으로 문제가 되기에는 등산현에서 왕정이 쌓은 신용이 대단했다.

다른 이는 몰라도 운현이라면, 이상한 짓은 하지 않겠다는 생각부터 하고 보는 것이다.

덕분에 운현이 곰팡이를 두기 위해서 미리 만들어 놓은 창고는 의방을 떠나 주변에서 모은 곰팡이들로 가득 찼다.

"많군요."

"호호. 이 정도쯤이야 금세 모을 수 있지요."

제갈소화는 곰팡이를 모은다는 것 자체가 총관으로서 자신이 해낸 성과나 다름없었기에, 오랜만에 흐뭇한 미소를 지어 보였다.

"감사합니다. 그럼 슬슬 시작을 해 봐야겠군요."

"저도 구경해도 괜찮으려나요?"

"지루하실 텐데요?"

"괜찮아요. 그쯤이야 이미 예상하고 있었으니까요."

"그러시다면야……."

어차피 보여 준다고 해서 문제가 될 것은 아니었다.

차라리 곰팡이로 이런 약을 만드는 것에 대한 의문이 떠도는 것보다는 누구 하나 증인이 되는 게 나았다.

그 증인으로 제갈세가의 여식이라면 더 바랄 것도 없는 상황이지 않은가. 오히려 봐주는 게 나았다.

그리고.

'제갈세가에서도 이런 걸 만들어 내면, 널리 퍼지기야 하겠지. 그럼 병도 치료할 테고.'

약의 제조법이 퍼지면 퍼지는 대로, 많은 자들을 치료할 수 있지 않겠는가.

무슨 특허가 있는 시대도 아니고, 돈을 벌겠답시고 나서서 하는 일도 아니었으니 차라리 좋았다.

'그러고 보니 이 증류법은…… 일본 연구실에서 만들었던 방식이었던가. 뭐 어디든 무슨 상관일까.'

일단 만들어 보자.

마음을 편히 먹은 운현은 아예 설명을 하면서 움직이기 시작했다.

"우선은 이 용액에 배양을 해야 합니다."

"배양이요?"

"예."

"이 정도로 많은 곰팡이로도 부족한 건가요?"

창고 한가득 곰팡이다. 창고를 완전히 채운 것은 아니었지만, 결코 작은 양은 아니었다.

하지만.

"생각 이상으로 많은 양이 필요합니다. 그리고 이번만 만든다고 끝은 아니니까요."

"지속적으로 필요하신 거군요."

"예. 만들 때마다 곰팡이를 모으는 일을 벌일 수는 없으니까요. 하핫."

약을 만들기 위해서는 역시 지속적으로 곰팡이를 확보할 필요가 있었다.

"그럼 배양은 어찌하시는 거죠?"

"먹을 걸 줘야겠지요. 후후."

곰팡이가 먹을 것이라면 뻔하지 않겠는가.

음식이다. 이왕이면 쉽게 만들 수 있는 배양액을 만들어서 쉽게 퍼지게 만들면 되는 것이다.

'쌀뜨물에 감자 같은 곡물 끓인 물을 섞고 식히면 끝이지.'

그렇게 일주일 후.

미리 만든 배양액에 모아 놓은 곰팡이를 이식하는 게 일주일간의 일이었다.

거창하게 이식이라 말했지만, 곰팡이를 놓으면 끝이다. 배양된 곰팡이들은 단 일주일 만에 어마어마한 양으로 퍼져 버렸다.

아주 당연한 결과였다.

원하지 않아도 자라는 게 곰팡이지 않은가.

"와아…… 라고 해야 할지는 모르겠네요."

"그렇기야 하겠군요. 많기는 많네요."

너무도 잘 퍼져서 배양액 위를 가득 채울 정도였다.

한춘석이 미리 비커처럼 만들어 놓은 그릇들이 충분하지 않았더라면, 배양액을 넘어 창고를 가득 채우지 않았을까 생각이 들 정도의 양이었다.

"자아, 이 다음은 무엇이지요?"

배양에 성공했으니, 바로 다음 단계로 가야 하지 않겠는가.

'이런 일로 쓸데없이 시간을 끌 필요도 없지.'

연구를 위해서 많은 시간을 할애하고, 많은 일들을 해 내는 것은 자신이 봤던 만화나 소설로 충분했다.

뭐든지 빨리 빨리해야 한국인답지 않겠는가.

운현은 바로 다음 단계로 갔다.

"여과입니다."

"여과요?"

"예. 이대로 바로 만들면 필요한 것을 얻기 힘드니까요."

그에게 필요로 한 것은 푸른곰팡이가 아니라, 푸른곰팡이 내에 있는 페니실린이라는 성분이다.

그 성분을 구하기 위해서는 운현이 배양한 푸른곰팡이에서 페니실린을 분리해 낼 필요가 있었다.

'문제는 본래 그게 보통 어려운 일이 아니란 거지.'

전생에서 실제 약을 발견한 페니실린도 그랬었다.

푸른곰팡이에 항생제 역할을 하는 페니실린을 우연히 찾아내는 행운을 얻었지만, 제조법까지 바로 얻지는 못했었다.

그러니 페니실린이 만들어진 지 한참이 지나서야 실제 약으로 쓰일 수 있었다. 필요에 의해서.

또한 많은 연구 끝에서 얻어졌던 결과였다. 그 결과를 자신은 활용할 뿐이었다.

운현은 한춘석을 통해서 미리 만들어 놓은 여과기를 설치를 하면서 제갈소화에게 설명을 더해 주었다.

"일단은 배양액을 여기 면을 깐 깔때기를 통해서 여과를 하면 됩니다."

"무언가 간단하네요."

일주일간 푸른곰팡이를 배양한 배양액을 뿌리는 것으로 두 번째의 단계가 끝이 나서일까?

그녀가 무언가 김이 샜다는 표정을 하고 있었다.

다른 사람이 그리한다면 왠지 심통이 나겠지만, 외모가 보통은 넘는 제갈소화지 않은가.

여인에게 약한 것은 운현도 어쩔 수 없는지라 그런 제갈소화의 모습에 귀여움을 느끼며 운현은 설명을 더했다.

"하핫. 본래부터 약을 만든다고 대단한 것은 없습니다. 다 이렇게 하는 거지요."

"그래도 너무 기대해서인지…… 무언가 김이 새기는 하네요."

"그거야 약이 만들어지고 난 다음에 효과를 보게 되면 기대를 채울 수 있을 겁니다. 자자, 조금만 기다려 보세요."

여과를 하는 것 자체가 아주 오래 걸릴 필요는 없었다.

면을 통해서 걸러지는 배양액을 기다리면 충분했으니까. 적당한 시간만 기다리면 그것으로 끝인 것이다.

깔때기가 연결된 뚜껑을 치우고 보니 그 밑에는 약간 묽은 느낌이 드는 물이 운현과 제갈소화를 기다리고 있었다.

"음…… 이렇게 거르고 보니, 매에서 나왔다는 생각은 거의 안 드네요?"

"그러니 여과지요. 후후."

"거부감이 조금 줄기는 하네요."

운현은 그녀와 도란도란 이야기를 계속해 나가면서 동시에 미리 만들어 놓은 채종유를 여과된 물에 뿌렸다.

채종유라고 해서 대단한 것은 아니고, 유채꽃에서 만든 기름이라 만들면 간단했다.

'흔히 말하는 카놀라유 같은 거지 뭐. 하기야 카놀라유 자체가 새 품종으로 만든 거니 또 다른 거려나.'

채종유는 유채꽃, 카놀라유는 유채꽃을 개량해서 만든 카놀라라는 품종에서 만든 기름이었다.

보통 사람들은 잘 모르는 카놀라유와 채종유의 차이를 얼핏 생각하면서도 운현은 계속해서 미리 준비된 채종유 붓기를 멈추지 않았다.

그가 채종유를 다 붓자마자 그녀가 무언가 새로운 호기심이 생긴 듯 물었다.

"음? 이걸 하게 되면 뭔가 달라지나요."

"그냥 분리를 위해서 하는 거라고 생각하시면 됩니다. 기름하고 물이 안 섞이는 걸 이용하는 거지요."

"으음...... 이해가 잘 안 가는 걸요?"

"기름하고 물하고 섞이지 않는 것은 알겠지요."

"그런가요?"

지금에서야 기름과 물이 섞이지 않는 건 상식이지만, 그녀로서는 거기까지는 미처 모르는 듯했다.

"예. 본래 기름하고 물은 섞이지 않습니다. 그걸 이용한 거지요."

"으음...... 설명이 더 필요한데요. 어째 신의님하고 있으면 제가 바보가 된 거 같다니까요."

무림에서도 인재가 많은 곳으로 알려진 제갈가다.

일자무식인 다른 이들과는 다르게, 그들은 학문을 기반으로 하여 이성을 곧 무력으로 여기기도 하는 가문이지 않은가.

그런 제갈가의 사람이라면 자연스레 다른 이들보다는 많은 것을 알았다.

그녀 또한 제갈가에서 천재 소리를 듣는 여인은 아니었지만, 그렇다 해서 모자라지도 않은 여인인 터.

그러니 상식이 부족하다고는 할 수 없을 터인데, 어째 운현과 함께하면 모르는 것이 많다 여겨지는 일이 많았다.

"하핫. 무리(武理)를 이야기하면 제갈 소저가 더 많이 아시지 않습니까? 이건 약학이라 그런 겁니다."

"그런 걸까요?"

그녀가 물과 기름이 섞이지 않는 성질에 대해서 모르는 것은 책잡힐 일이 아니었다.

무림인인 그녀이지 않은가. 전생에서처럼 학교가 있는 것도 아니고, 그녀는 그녀의 위치에 맞는 충분한 지식을 가졌다.

다만 운현이 그녀가 모르는 것을 많이 알고 있을 따름이다.

"예. 그런 겁니다. 자자, 어쨌든 계속 설명드리자면, 제가 필요로 하는 건 물에 섞이는 성질이 있습니다. 그걸 이용한 거지요."

"으음…… 그러니까 필요한 성분을 찾기 위해서 여과도 하고, 채종유도 섞는다 하셨으니……."

지금까지 주어진 정보로 충분했던 것일까?

그녀가 운현의 설명에 자신의 이해를 더해서 운현이 무엇을 하기 위해 채종유를 붓는지를 알아냈다.

"필요한 성분만 얻기 위해서인 거군요?"

"예. 그런 거지요."

"흐음…… 물과 기름이 섞이지 않는 걸 이용하는 거라니, 신기한 방법이네요."

운현의 설명 덕에 이해가 된 것일까.

그녀가 운현이 채종유를 부어 놓은 통을 한참을 두고 신기하게 바라본다.

그 뒤는 바로 이루어져 갔다.

배양액을 여과하고, 채종유를 부어 물과 기름을 나누고 물에 녹는 성질을 가진 페니실린을 물에 섞이게 한다.

그 뒤 가진 물만 따로 채취를 하는 것이 바로 다음이었다.

"와아……."

또르르르—

물과 기름이 섞이지 않는 데다, 기름보다 물이 아래로 내려가지 않는가.

그릇의 아래에 한춘석이 미리 만들어 놓은 뚜껑을 여니 자연스럽게 페니실린이 녹은 물이 흘러 내려 왔다.

처음 여과를 할 때보다도 좀 더 맑은 물이었다.

"이제 여기에 잘게 부순 숯을 섞으면 됩니다."

"숯이요?"

"예. 그러면 다시 숯에 원하는 게 붙을 겁니다."

소독한 데다 잘게 부순 숯은 숯이긴 하되, 활성탄이라 하는 것이 옳았다. 하지만 여기까지는 설명할 필요가 없기에 그냥 넘어갔다.

그녀도 이 부분에서는 딱히 궁금증이 느껴지지 않는 듯했다.
"그것도 또 어떤 성질을 말하는 거겠지요?"
"하핫. 그런 겁니다."
활성탄을 용기에 넣고 섞는 것. 이게 배치 방법이라고 불리는 방법이었다.

그 뒤부터는 그녀도 많은 설명을 원하지 않았다.
제갈소화는 운현이 하는 모든 일들이 여과를 위한 일이라고 여긴 듯했다.
'다음은 소독이었던가.'
소독. 달리 말하면 세정. 미리 준비한 증류수를 붓는 게 다음 단계였다. 단지 씻는 게 다음 단계가 되는 것이다.
'여기가 중요하지.'
그 다음으로는 또 미리 준비한 산성수를 한번 붓고 그 뒤에 여러 번 나눠서 알칼리수를 붓는 것으로 끝!
말은 간단했지만, 알칼리수를 부은 것으로 페니실린 성분이 녹아나오도록 용출(溶出)을 하는 과정이었다.
마지막으로 면을 이용한 필터를 이용해서 제대로 된 페니실린만 나오면 되었다.

"후우……."

배양을 하는 것을 제외하고는 생각보다는 많은 시간이 걸리지 않은 작업으로 보이는 상황.

하지만 손이 꽤 많이 가는 작업을 한 덕인지 피로감을 느낄 수밖에 없는 운현이었다.

그렇게 용출된 페니실린을 운현은 일정량씩 미리 준비한 그릇에 담았다.

'장인이 없었더라면…… 이런 것도 무리였겠지.'

일정량으로 담을 그릇. 배양을 하기 위한 그릇. 용출을 하기 위한 용기에 깔때기까지.

지금 이 자리에는 없지만 유리와 철을 동시에 다룰 줄 아는 한춘석이 없었더라면 지금의 실험은 성공도 못 했을 것이다.

당장에 페니실린 액을 보관하는 것만 하더라도, 그가 만들어낸 냉장고 덕분이지 않은가. 한춘석의 공은 분명 컸다.

'언젠가 보상을 더 해줘야겠지. 선풍기처럼 새로운 연구거리를 드리면 되려나?'

페니실린이 담겨 있을, 아니 담겨 있어야만 하는 그릇들을 구하고 나니 고된 일을 하기라도 한 듯 피로감을 느끼는 운현이었다.

하지만 여기까지 했다고 해서 끝이 아니었다.

"이제부터는 다시 테스트인가."

"테, 으음…… 무슨 말이죠?"

"실험인 겁니다. 효능 실험."

"아아!"

만들었으면 얼마나 효능을 보이는지가 중요하지 않겠는가. 효능 테스트가 필요로 했다.

미리 준비한 균이 들어가 있는 그릇들. 병이 넘친다면 넘치는 시대에 살고 있는 운현인지라 이것을 구하는 것은 어렵지 않았다.

미리 만들어 낸 페니실린들인 만큼 미리 구한 균들이 담긴 그릇이 준비되어 있었다.

또옥— 똑—

아주 작은 양. 많지도 않은 양들을 미리 준비한 그릇에 순서대로 떨어트린다.

"후우……."

"된 건가요?"

"아뇨. 제대로 만들어졌다면……."

분명 미리 준비한 이 그릇에 담겨 있는 더러운 균들이 사라져야 한다. 깨끗하게 지워진 것처럼!

그것이 페니실린의 효과!

또한 세균을 지워버리는 것이 지금껏 장인을 구하고, 어렵게 구한 한춘석을 통해서 만들어 낸 기구들이 성과를 낼 수 있는 유일한 길이다.

"으음…… 이건 실패로군요?"

하나 실패. 제일 먼저 구해 낸 그릇에서는 효과가 전혀 없었다.

"제길."

둘도 실패. 이 또한 효과가 없었다. 운현의 노력을 비웃는 것처럼!

……넷, 다섯.

많은 양을 용출해 냈었건만 효과가 있는 것이 없었다!

'제발…… 젠장. 실패인가? 방법이 없는 건가.'

많은 수를 지나서 결국에 마지막, 여덟.

"와아."

그 안에는 미리 구한 균들이 깨끗하게 녹아 있는 그릇이 운현을 기다리고 있었다.

"성공이다!"

페니실린을 중원에 구현해 내는 데 성공했다.

第三章
완전하지만은 않았다

페니실린은 페니실린인 채로 강한 항생제다.

'괜히 항생제가 아닌 거니까.'

자신이 만든 방식이 페니실린을 많이 걸러내지 못한 것이 문제라면 문제지, 페니실린 자체가 효능이 없을 리가 없다.

"후우…… 제대로 먹혀야 할 텐데."

처음 성공한 것을 냉장고에 보관하고, 그 뒤로 만들어진 것들을 냉장고 가득 쌓일 정도로 보관을 해 온 운현이다.

실제로 페니실린을 처음 인체실험할 당시에 실험할 약이 부족해서 완치를 시키지 못하던 비극 아닌 비극도 있었지 않던가.

그렇기에 절대로 어지간해서는 약이 부족하지 않을 만큼 쌓은 그였다.

"약효도 현대의 것에 비해서는 부족하겠지. 으음…… 환으로 만드는 건 어림도 없겠군."

현재는 액체 상태인 페니실린이다.

이것을 다시금 여러 과정을 거쳐서 환으로 만들면 약효가 남기는 할까?

어떤 획기적인 방식이 더해지지 않는 한은 환으로 만들었을 때, 약효가 남을 리가 없었다.

그러니 우선은 지금의 상태로 치료를 할 생각이다.

환자는 많았다.

부자든 가난한 자든 들이닥치는 것이 병마라는 것. 아픈 자가 없을 리가 없었다.

'불행한 일이지.'

운현은 치료를 했을 때, 가장 극적인 효과가 있을 사람부터 찾았다.

액체를 이용하면 주사를 놓아야 할 텐데, 생소한 방법이니 있을 거부감을 염려해서다.

"욕창으로 고생하시던 분이 고비에 다다라 있다 했지요?"

"예에. 그렇습니다만은……."

우진. 운현에 온 의원 중에 하나로, 아직 부족한 실력이나 정진일로 하고 있는 자다.

"그동안 어떻게 버텼답니까?"

"그래도 본래 있던 마을에서는 손에 꼽히던 유지랍니다. 덕분에 아들이 무인인지라……."

"아아. 알만하군요."

진기도인을 했겠지.

어려운 일이긴 하지만, 부모를 살리자는 마음에 매일같이 진기도인을 했을 것이다.

부모를 위해, 할 수 있는 한 모든 수단을 동원하는 것. 그게 당연하다. 자식의 마음이자, 자식으로서의 도리다.

'하지만 선천진기를 익혔을 리는 없으니…….'

자신의 진기처럼 항생제 효과 같은 것이 있지는 않겠지. 그러니 진기도인으로 현상 유지를 겨우 겨우 해 나갔을 거다.

하지만 진기도인이 어디 쉬운 일인가? 쉬웠으면 누구나 쉬이 했을 것이 진기도인이겠지!

말이 쉽지, 고된 일이다. 결코 쉽지 않은 일.

무리를 하니 매일같이 하지 못한 날도 있었을 것이다. 그러니 아들이 진기도인을 하지 못하는 날은 증상이 악화되었겠지.

'이어지고 또 이어졌겠지. 그런 날들이…….'

그러니 결국 일어나지 못하는 아버지의 욕창이 이어져 패혈증으로까지 갔을 것이다.

'안타까운 일.'

하지만 그게 이 중원에서 매일같이 이어지는, 불행 중에 하나. 어쩔 수 없다 말해지는 일이다.

"역시 치료할 수가 없지 않겠습니까?"

"가능할 겁니다. 아마도요."

본래부터 페니실린 자체가 전쟁 중 나오는 패혈증 환자를 치료하기 위해 만들었던 약이지 않았던가.

약효만 분명히 있다면 가능할 거다. 불가능할 일은 아니었다.

'설사…… 약이 듣지 않는다면…….'

그때 가서는 자신의 선천진기를 이용하여 치료를 병행하면 될 것이다.

선천진기가 만능은 아니지만, 약효가 약한 페니실린과 같이 효과를 내면 그래도 가능한 일이 되지 않을까?

"힘든 일이실 겁니다."

"그래도 해 봐야 하지 않겠습니까? 이곳까지 모시고 온 아들분을 봐서라도요."

"으음…… 예. 그것이 의원 된 도리겠지요."

"그렇지요."

이곳까지 오느라 얼마나 많은 애를 썼을까.

되지도 않는 진기도인으로 애를 써서 금방 돌아가실 수도 있는 아버지를 모시고 온 아들이다.

안 되도 되게 해야 했다.

도리. 또한 사람을 살리겠다는 인의. 그것을 위해서라도 약은 성공해줘야 했다.

　　　　＊　　　＊　　　＊

아들의 나이는 이제 약관 정도가 되어 보였다. 잘해야 스물이 좀 넘었을까.

하지만 그동안의 일로 많이 피로했던 것인지, 얼굴에 잔뜩 초췌함이 씌여 있었다.

'애를 쓴 거겠지……'

패혈증이라는 것 자체가 운이 나쁘면 조기 사망에 이를 수도 있지 않은가. 이곳에 온 것조차도 사실 도박이었을 것이다.

아들은 모험을 했고, 이곳에 도착했으니 반은 성공한 셈이다.

그는 초췌한 와중에서도 운현에게 예를 올리는 데 마다함이 없었다.

"……멀리 숭의문(崇義門)에서 무공을 닦은 진석이라고 합니다. 신의님을 뵙게 되어 영광입니다."

"환자분은…… 괜찮으십니까?"

"모르겠습니다. 이곳에 오는 동안에 더욱 심해지시긴 하셨습니다. 후우……."

무리였겠지. 아주 힘든 일이었을 것이다.

아버지의 모습을 보니, 전형적인 패혈증의 증세가 보였다.

이곳에 오기까지 상황이 다급해서인지, 옷매무새도 제대로 하지 못한 채인지라 더욱 또렷하게 증상이 보였다.

구토를 했는지, 옷가지에도 튄 것이 있었고 설사는 당연해 보였다. 거기에 욕창 이전에 본디 있을 마비 증세도 있었다.

'다행히 출혈은 없나…….'

그나마 희망이 있다면, 바지춤에 피가 묻어 있지 않는 것으로 보아하니 내장에 출혈은 없는 듯했다.

"으……."

게다가 환자의 눈을 보면 살고 싶은 욕망이 확실히 읽혔다.

많은 일을 겪은 것인지, 세월의 풍상을 겪은 주름이 잔뜩 있었지만 죽기 직전의 눈을 한 자보다 훨씬 좋은 눈을 가졌다.

'불행 중 다행…….'

환자로서 최상의 상태가 어디 있겠느냐만은, 굳이 따진다면 살려는 의지만 한 것이 또 어디 있겠는가.

다행이었다.

운현은 바로 치료를 하기로 마음을 먹었다. 설명은 일단은 나중이다.

"바로 가시지요."

"이곳에서 치료를 하는 것이 아닙니까?"

"……현재 아버님의 상태는 보통의 치료로는 되지 않는 상태입니다."

"신의님도 힘든 것입니까?"

"아직 장담은 못 드립니다. 하지만 할 수 있는 데까지는 한다고 말씀 드릴 수 있습니다. 그러니……."

운현은 진석이라는 자의 눈을 직시했다.

"저를 믿고 따라 오시지요. 최선을 다 해내겠습니다."

그게 그가 말할 수 있는 진심. 최선을 다하겠다는 것이 최선의 약속이었다.

그 뜻이 전해진 것일까?

"……알겠습니다. 바로 가지요."

진석이 운현의 뜻을 받아들였다.

* * *

잠시의 시간이지만, 진석의 아버지 되는 자를 옮기면서 운현은 어찌 병이 생기기 시작한 것인지를 알아냈다.

'외과 치료가 부족했던 거로군…….'

불의의 사고로 다리 한쪽이 그대로 몇 조각으로 부러졌다고 한다.

운현이 아니고서야 그런 치료를 제대로 할 수 있는 자가 몇이나 되겠는가. 외과 치료는 쉽기만 한 것이 아니다.

'아니 막상…… 고정대로도 갖다 대서 잘 고정했으면 되었겠지만…….'

그 정도도 무리였을 것이다. 아무리 지역의 유지라지만 바로 치료를 해 내는 데 실패를 했었단다.

그러니 다리가 부러진 그 상태 그대로 누운 지가 몇 달.

욕창에 걸리지 않게 하기 위해서 몸을 움직여 줘야 하는 것은 다들 알았다고 한다.

하지만 고통이 문제.

부러진 뼈가 고정이 되어 있지 않은 상태로 몸을 움직이게 해서야 고통이 보통이 아니었을 것이 뻔하지 않은가?

"욕창에 걸리지 말라고 몸을 돌릴 때마다 크게 고통을 호소하셨습니다. 그렇다 보니……."

뒷말은 뻔했다.

두어 시간마다 움직여 줘야 할 몸을, 제대로 움직여 주지 못했을 것이다.

그러니 지속적으로 몸 한쪽에 압박이 가해졌고, 그 결과

욕창으로 이어진 것일 테다. 자연스러운 수순과도 같다.

그게 이어져서 현재의 상태일 것이다.

'안 좋군……'

잘만 치료하면 나을 병을 키운 상황이다. 병이 병을 낳았고, 목숨을 경각에 다다르게 만들고 있었다.

"……제가 돌아와서야 마혈을 짚고 어찌해드리려 했습니다만은…… 역시 무리였습니다."

죄스러운 듯 말하는 진석이다.

하지만 그가 없었더라면 그의 아버지는 진즉에 죽었을지도 몰랐다. 현대보다 쉬이 죽는 것이 중원의 현실이니까.

"후우…… 우선은 패혈증부터 치료를 해야겠군요."

"패혈증이요?"

"지금의 증상을 말하는 것입니다."

"아."

패혈증 다음은, 욕창, 욕창 다음은…… 외과 치료를 해야 할 것이다. 하지만 외과 치료는.

'시간이 너무 지났다. 가능성이 없을지도…….'

힘들지도 몰랐다. 이미 그 상태 그대로 굳어서 불편함을 느끼는 그 상태로 살아야 할지도 몰랐다.

현대에 장비가 있어도 시일이 길어지면 힘든 것이 외과 치료이니, 어쩔 수 없는 부분이다.

'가능한 만큼 해야겠지.'

다만 최선을 다할 뿐이었다.

"으으…… 으웩!"

고통, 그 뒤는 구토를 하는 환자를 그대로 씻긴다.

"제, 제가 하겠습니다."

운현이 치료를 하려 나서니, 차마 구토를 치우게 하는 것은 죄스러웠는지 진석이 나선다.

"아닙니다. 제가 해야 할 일입니다. 일단은 지켜보시지요."

"그래도……."

"제 영역인 겁니다."

"……예."

운현은 자신의 부모라도 되는 듯, 면포(綿布)를 가지고서 진석의 아버지를 정성스레 닦았다.

"후우…… 지금부터 보시는 건 새로운 약입니다. 신약인 거지요. 그리고 새로운 침이고요."

"신약이요? 그리고 새로운 침이시라니……."

"새로이 만든 것들입니다. 이것들이 없었더라면, 저도 치료하겠다고 말씀을 못 드렸을 겁니다."

"아아……."

"다만 새로운 것이니…… 거부감이 있으실 수도 있으십니다."

가장 문제는 이거였다. 새로운 것에 대한 거부감. 생각 외로 사람이란 동물은 새로운 것에 거부감이 컸다.

특히나 이 시대는 더더욱 그러했다.

때로 목숨이 경각에 달려도, 새로운 것에 대한 거부감을 표출할 수도 있다는 말이다.

"괜찮겠습니까?"

"……물론입니다."

다행히도 진석이란 자는 새로움에 대한 거부감보다는 아버지에 대한 효심이 더욱 컸다.

"그럼 바로 진행하도록 하겠습니다."

"예!"

한춘석이 만들어 둔 주사를 통해서, 운현이 만든 페니실린이 패혈증에 걸린 환자에게 주입됐다.

페니실린이.

그가 그토록 원하던 항생제가, 중원이란 땅에서 처음으로 환자에게 사용이 된 것이다.

기념비적인 일이었으나, 당장에 그 사실을 아는 자는 진석과 환자 그리고 운현밖에는 없었다.

* * *

첫날.

한 시진하고도 반 시진 더. 하루에 여덟 번씩 주사를 통해서 페니실린이 그대로 주입되었다.

"으……"

처음 페니실린이 사용된 환자처럼 극적인 치료는 되지 않았다.

현대에 최초로 만들어졌던 페니실린처럼 극적으로 입맛이 돌아오게 만들고, 곪은 상처가 치유되기 시작하고, 체온이 돌아오거나 하지는 않았다.

다만 높아지기만 했던 체온이 처음으로 낮아지기 시작했으며, 곪은 상처는 진행이 멈추고 치유가 시작되는 듯했다.

"오오…… 신의님!"

그것만으로도 진석이라는 자는 놀라움을 표했다.

왜 아니 그러겠는가? 다 죽어가던 자신의 아버지가 아니던가.

이곳에 온 것조차도 도박이었다. 지방에 있던 그 어떤 의원도 고개를 설설 돌리기에 도박 삼아 온 곳이 이곳이다.

하물며 자신의 진기도인으로도 아버지의 증상은 갈수록 악화가 되지 않았던가.

그런데 처음으로 치료가 되는 듯했다! 모두가 불가능하다고 말했던 일이 일어난 것이다!

"제, 제 아버님은 나으실 수 있는 겁니까?"

"……될 수도 있을 것 같습니다."

"오오!"

하지만 치료가 가능할지도 모른다는 희망을 잡은 진석과는 다르게 운현의 표정은 조금이지만 찡그러져 있었다.

'반 정도의 성공. 반 정도의 실패인가.'

환자를 치료해 낼 희망은 분명 있었다.

계속적으로 페니실린을 주입해 주고, 부족한 곳에 자신의 선천진기를 진기도인한다면 분명 나을 수 있을 것이다.

하지만 자신이 생각한 대로 온연히 페니실린만으로 치료가 된 것은 아니었다.

'치료는 기뻐할 일이긴 한데…… 완벽하지만은 않구나.'

그가 원한 것은 부족하나마 강한 효능을 가진 페니실린이지 않던가.

그래도 없는 것보다는 훨씬 나은 상황이지만, 그가 생각하던 목표치보다는 조금 모자랐다.

그래도 희망이 있다면,

'좀 더 낫게 증류를 하고…… 잘만 쓰면 많은 사람들을 살릴 수는 있겠지.'

지속적으로 개량만 한다면 좀 더 효능이 좋아질 수도 있다는 것일까?

아니, 어쩌면 지금의 효능에 만족하지 못하는 것도 자신의 욕심일는지도 몰랐다.

이 정도만으로도 현재의 중원에서는 충분히 기적의 약이라 할 만했으니까!

다만 약에 대해서 완벽을 추구해 나가던 그이니만큼, 생각보다 낮은 효능에 약간의 실망을 했을 뿐이다.

'너무 욕심을 부린 걸지도 모르지.'

천 리 길도 한 걸음부터다. 계속해서 노력하면 되지 않겠는가.

우선은 앞에 있는 환자부터 치료를 하는 것이 옳았다. 또한 그것이 환자와 진석에 대한 예의였다.

운현은 치료에 대한 설명을 더해 주었다.

"아무래도 약만으로는 부족한 듯합니다. 그러니, 제 진기도인과 함께하면 될 듯합니다."

"……역병 때의 그 방법을 사용하시는 겁니까?"

운현이 토사곽란 때, 진기도인을 한 것에 대한 이야기는 유명했다. 덕분에 신의라는 별명이 붙기도 하지 않았던가.

그 진기도인을 자신의 아버지에게 쓴다고 말해서일까?

진석의 표정이 환해진다.

"예. 약만으로는 힘들 듯하니, 그리해야겠지요."

"감사합니다! 감사합니다!"

치료는 분명 치료다.

온연히 의원으로서 치료를 하지 못하는 것은 아쉬우나, 사람을 살리는 것이지 않은가.

'더 불만을 가질 필요도 없지. 후우. 해 보자.'

의원으로서, 또한 선천진기를 익힌 무인으로서 운현이 치료를 하기 위해 진기를 돌리기 시작하였다.

* * *

페니실린과 진기도인을 병행한 치료. 효과는 확실히 뛰어났다.

선천진기 하나만으로도 항생제의 효과가 있지 않았던가. 거기에 페니실린까지 더해지니 금상첨화였다.

그가 진기도인을 하면서부터 환자는 아주 극적인 효과를 내면서 치료가 되기 시작했다.

기적을 몸소 체험하는 것과 같은 효과!

효과를 직접 눈으로 본 진석으로서도 믿지 못할 만큼 빠른 효과를 내며 환자는 치료가 되기 시작했다.

식욕이 돌아오고, 구토와 설사가 멈추었으며, 곪은 상처가 치유되기 시작함은 물론이다.

욕창으로 인한 마비 증세조차도 조금씩 사라지기 시작할

정도였다.

"오오…… 역시……."

"후우……."

진석이 감탄을 함은 당연.

'역시 선천진기인 건가. 대단하군……'

운현은 항생제에 대한 부족함을 통감하면서도 동시에 선천진기의 대단함을 통감하고 있었다.

약이라는 것. 그 이상으로 선천진기가 주는 공능은 뛰어남을 넘어 경이로울 정도였다.

'방법을 재설정해야 할지도 모르겠군.'

선천진기의 공능을 다시금 되새김질함으로써 앞으로의 계획에 대한 약간의 수정을 생각하면서도 운현은 줄곧 치료를 이어 나갔다.

그리고 며칠 후.

"대, 대단합니다!"

약과 진기의 상승 작용 덕분인가?

외과 치료는 결국 해내지 못했지만, 패혈증이 나음은 물론이고 욕창마저도 호전이 되는 기염을 토해 내었다.

항생제의 기능에, 다른 진기 이상으로 치유에 공능이 있는 선천진기 덕으로 욕창이 호전된 것이다.

단 며칠 사이에 말도 안 될 정도의 놀라운 변화.

그 덕분인지 신의를 바라보는 진석의 눈에는 존경을 넘어서, 신앙에 가까운 그 무언가까지 엿보일 정도였다.

그리고 결국.

"……다리는 아무래도 절며 사셔야 할 듯합니다. 그 외에는 모두 치료되었습니다."

"감사합니다! 감사합니다!"

환자를 치료해내는 데 성공했다.

그리고 진석은.

"……절부터 받으시지요."

자신의 아버지, 자신이 세상에서 가장 존경하는 자를 살려 준 데에 대한 보답으로 절을 올렸다.

세상 그 누구보다도 경건하게, 그 누구에게보다도 존경을 담고서 올리는 절이었다.

"이, 이러시지 않으셔도……."

운현이 말릴 새도 없었다. 그는 순식간에 삼배지례를 올렸다. 삼배지례(三拜之禮). 존장에게나 인사를 올리는 예가 아니었던가. 그러한 삼배를 올림에도 진석은 한 점의 거리낌도 없었다.

"아버지가 모두 나으시면. 꼭! 다시 찾아뵙도록 하겠습니다."

"아닙니다. 이미 치료비도 내시지 않으셨습니까."

완전하지만은 않았다

큰돈이었다.

운현이 부른 것 이상의 돈이었고, 진석으로서도 무리를 했을 만한 돈을 먼저 치료비라 내주었다.

그것으로도 그는 부족함을 느끼는 듯했다.

"아닙니다. 아닙니다! 그것과 이것은 다른 문제이지요."

"허어…… 아버지를 모시고 있으시는 것이……."

그는 진정으로 운현에게 자신이 받은 것을 은혜라 여기는 듯했다.

"아버지도 제 이야기를 들으시면 허락을 하실 것입니다."

"……허어 참."

무인이어서 그런 것인가? 이런 경우는 또 처음인지라 운현은 어찌해야 할 바를 몰랐다.

"그럼 우선은 물러가 보겠습니다! 신의님! 진심으로 감사드립니다."

"……들어가시지요."

진심인 것인가? 게다가 '우선은'이라니.

'이거 참…… 일이 뭔가 커져버린 기분이군…….'

상상 이상의 존경과 감사를 받으면서 운현은 처음으로 약과 진기를 통한 치료를 성공해 내었다.

반쯤의 성공에 대한 기쁨과, 반쯤의 실패가 조금은 아픈 그런 치료였다.

第四章
괜한 소문이 나다

첫술에 배가 부르랴.

하나 만들었다고 최고의 약이 나오길 바란다면 욕심이리라. 그래도 성과가 전혀 없는 것은 아니지 않은가?

'선천진기와 함께 페니실린을 쓰면 되니까.'

둘을 함께 쓰면 되었으니 성과가 없는 것은 아닌 셈인 것이다.

공력과 약의 합일의 첫 시작이랄까.

단점만 있는 것도 아니었다. 페니실린 자체가 항생제. 항생제를 자주 처방하면 면역력의 문제도 있지 않은가.

그래서 현대 의학에서는 항생제의 사용을 지양하는 것이

기도 하고.

그러니 공력과 소량의 페니실린을 사용하여 항생제의 효능을 내는 것.

어쩌면 공력에 따라 그 이상의 효능을 내는 것은 나쁜 일만은 분명 아니었다. 적어도 면역 면에서는 그러했다.

"문제는 선천진기를 쓸 수 있는 자가 몇 없다는 거려나. 으음……"

항생제 없이 공력만으로 토사곽란에 효과를 보이는 선천진기 아닌가.

거기에 페니실린도 더해졌으니 운현 자신의 의원으로서의 능력은 상승했다 할 수 있다.

하지만 자신이 치료할 수 있는 자는 몇이나 될까? 자신은 하나이고, 둘이 아니니 한계가 있을 터.

결국 처음 약을 만들 때처럼 대량으로 많은 이들을 치료한다는 부분에는 목표 도달을 하지 못한 셈이다.

"다른 방안도 좀 생각해야겠군……"

선천진기를 사용할 자를 구하거나, 약을 강하게 해야 한다.

그도 아니면 대체할 수 있는 약을 구한다거나, 지금의 약보다 강한 약을 만들어 내야 했다.

쉬운 방법들은 아니지만, 그나마 다행인 점이 있다면 해결책이라 할 만한 것들이 머릿속에 떠오른다는 걸까?

"하나씩 다 해 봐야겠군."

약을 개발한 운현이 좀 더 적극적으로 움직이기 시작한다.

* * *

운현이 움직이고 있을 때.

운현의 의방 주변, 멀리는 진석이 살고 있는 현에 이르기까지. 꽤나 넓은 지역에 거쳐서 소문이 나기 시작했다.

"그러니까 봄인데도 한겨울처럼 약을 보관하셨다고?"

"그 뭐냐…… 얼음이라도 있는 거야? 신의님이 겨우 내 얼음을 보관하신 건가."

"무슨 상자에 보관을 하셨다드만. 얼음 같은 것은 없었고. 내 진석 무사님으로부터 들은 걸세."

소문의 출처는 진석.

그로서는 자신의 아버지를 치료해 준 운현이 은인이지 않은가. 그러니 운현이 보인 신기에 가까운 치료에 관해 말을 하고 다님은 당연한 이야기였다.

운현의 명성이 올라가면 올라갈수록, 은혜를 갚는다고 여긴 것이다.

하기야 정파의 무사들 대다수가 선행을 벌이면 소문이 나는 것에 거리낌이 없지 않은가. 오히려 자신의 명성이 올라가는 것을 즐기기도 하고 말이다.

그런 의미에서 보자면 진석이 한 행위는 분명 선의라면 선의였다.

자신의 이득 따위는 없이, 오로지 운현의 명성이 올라가기를 바라면서 보인 선의.

"그 신기한 상자에서 나온 약으로 아버지도 치료를 했다 하더군."

"햐아…… 다른 의원들 모두 치료를 못한다고 고개를 설설 기지 않았어?"

"그랬지!"

파급력은 생각 이상으로 커갔다.

지역의 유지 정도가 되면, 사람들의 입에 오르고 내리는 것이 쉬이 있는 일이지 않은가.

소재도 좋았다. 지역 의원들 모두가 포기한 환자, 그런 환자를 치료한 신의와 신기한 기물. 꽤 매력적이지 않은가?

그러니 소문이 커져 갈 수밖에.

"역시 신의님이시지 않은가? 하기야 신의님 정도 되니까 그런 것도 치료하시는 거지."

"당연하지! 신의님이시니까."

"그나저나 신의님이 환자를 치료하신 거야 당연한 일이니 그렇다 쳐도…… 역시 그 신기한 기물도 궁금하구만?"

운현이 환자를 치료해 내는 것은 당연한 이야기다. 그는 중원 제일가는 의원은 못 되도 호북에서 제일 명성 있는 신의이지 않은가.

그런 그가 환자를 치료해 내는 것은 운현의 대단함을 확인하는 일은 되어도, 더 신기할 것도 없는 소문이었다.

대신 사람들은 새로운 기물이라는 것에 시선을 두었다.

바로 냉장고.

겨울이 지났음에도, 겨울처럼 시원하게 약을 보관한다는 그 기물. 사람을 치료하는 약을 보관한다는 기물에 대한 궁금증이 더해진 것이다.

혹자는.

"역시 그런 기물이 지금의 신의님을 만들어 낸 것이 아닐까?"

"그럴려나? 듣기로는 신의님과 함께하는 장인이 만들었다는데?"

"그걸 만들어? 그런 기물을? 허어……."

냉장고를 만들어낸 한춘석에게도 시선을 두기도 했다.

여러 가지 소문. 확대되어 가는 이야기. 쏟아지는 사람들의 시선이 점점 운현을 향하고 있었다.

과연 이러한 시선이 운현의 명성을 높이는 데만 쓰일는

지, 그도 아니면 어떠한 횡액으로 닥칠지는 두고 봐야 할 일이었다.

* * *

사람들의 소문이 퍼지고 있는 사이.

운현은 더욱 많아진 의방의 환자와 몰려드는 구경꾼들을 상대로 분투를 벌이고 있었다.

"이게 그 소문의 기물입니까?"

"……뭐 그렇지요."

진료실 가까이에 있는 냉장고를 볼 때마다 환자들은 감탄을 주저하지 않았다.

냉장고를 보려고 온 것인지, 병을 치료하려고 온 것인지 모를 정도의 반응이었달까?

덕분에 약에 관련한 이런저런 일을 진행할 예정이었던 운현으로서는 잠시 발목이 잡힌 셈이었다.

'해야 할 일이 많은데…… 치료를 안 할 수도 없고. 문제군.'

의방에 의원들은 많다. 그 수만 하더라도 벌써 스물에 가까울 정도.

하지만 문제는 당장 치료에 나설 수 있는 의원들의 수가 적다는 것에 있었다.

 실력을 떠나 인성만을 보고 사람을 뽑았다 보니, 실력에 문제가 있는 자가 꽤 있었다.

 하기사 의선문같이 체계적으로 가르치는 곳도 몇 없는 것이 현 중원의 현실이니 운현의 눈에 차는 의원이 적은 것도 현실이다.

 의원의 문제는 시간이 지나면 해결될 문제이기는 했으나, 역시 빨리 해결될 필요도 동시에 공존했다.

 '하오문에 한번 가서 채근이라도 해야 하려나. 일단은 약초부터 해결하고 이야기해야겠군.'

 아무래도 사람이 더 필요했다.

"이게 그것입니까?"
"아아. 예."
"호오. 이 상자가 그런 귀물이라니. 신기합니다그려."

 매일같이 보는 약초꾼들도 소문에 호기심이 드는 것까지는 어쩔 수 없는 듯했다.

"이것만 있으면 보관을 오래 할 수 있다지요?"
"뭐 그런 거지요."
"흐음. 하기야 겨울에는 음식이 잘 안 썩기도 하니 그러기는 하겠습니다요."

본디 친절함이 있는 운현이었다.

하지만, 근래에 들어서는 하도 냉장고에 대한 이야기만 하다 보니 시큰둥하게 대답이 나올 수밖에 없었다.

그럼에도 약초꾼들은 뭐가 그리도 궁금한지 꼬치꼬치 캐묻고는 했다.

얼마나 보관이 오래 되냐는 둥, 어떻게 되는 거냐는 둥, 별별 이야기가 다 오고 가는 상황이랄까.

그렇게 대화 아닌 대화를 하면서 시간이 흘러가니, 약초꾼들이 챙겨 온 약초들을 옮기는 것도 금세 끝이 났다.

"다됐군요. 계산은 접수실에서 해 줄 겁니다."

"허헛. 알겠습니다! 그럼 냉큼 가서 받아야겠군요."

"하하. 예."

이들이 아닌 다른 약초꾼들이 오기는 하겠지만, 당장에 오늘 약초를 판 약초꾼들은 한참 뒤에야 볼 수 있을 것이다.

약초라는 것 자체가 쉬이 구해지는 것은 아니었으니까.

'오늘 들어온 약초들은 워낙 중요한 거라 직접 하기는 했는데……'

냉장고에 관한 이야기를 하다 보니 왠지 모르게 피곤함을 느끼는 운현이었다.

그런 운현을 두고, 약초를 팔기 위해 왔던 약초꾼들이 거래금을 받기 위해서 움직인다.

"휴우. 그럼 이제 슬슬 또 할 일을 하러 가볼까."

거래를 하고 움직이는 것은 당연한 이야기인 터.

하지만 운현도 알았을까?

거래를 마치고 뒤를 돌아가는 자신을 바라보는 이가 있었다는 것을. 그리고 그자의 눈이 묘하게 빛나고 있었다는 것을 말이다.

소문이 작은 욕심으로, 작은 욕심들이 암수로 이어질 듯한 것은 왜일까?

* * *

"보자. 일단은 영약부터 찾아볼까나."

오행환을 만든 지 이미 오래.

강한 영약은 만들지 못할지언정, 약한 효능의 영약은 이제 쉬이 만들어 내곤 하는 운현이다. 오랜 연구의 성과라면 성과인 셈.

하지만 이것만으로 만족을 할 수 없는 것은 당연하지 않은가.

지금껏 사용하고 있는 오행환을 뛰어 넘는 다른 영약을 만들어 내기 위해서 밤새 분투하는 운현이었다.

'자소단 같은 것까지는 무리여도 그 이상은 돼야 할 텐데

말이지.'

새로운 영약만 만들어 내면 더욱 많은 일들을 할 수 있다. 작게 보면 당장 자신만 하더라도 진기를 늘릴 수 있을 것이다.

그것을 위하여 오늘 산 약초들을 배합하여 보고, 흑점에서 구한 서적들을 연구해 가며 보고 있기를 한참.

이대로 시간이 지나 자시(23—1시) 정도가 되면 하루를 마무리하겠거니 하며 연구를 하고 있는데.

"신의님! 신의님!"

자신이 있는 방 멀리서부터 자신을 찾는 다급한 목소리가 들려 왔다. 평소 이상으로 다급한 목소리였다.

"음? 무슨 일이지?"

응급환자인가? 병이란 건 시간을 가리지 않으니 지금 시간에 환자가 오는 것도 이상하지는 않았다.

한시가 급한 환자가 오는 경우도 심심찮게 있으니, 새벽에도 자신을 찾는 것은 예삿일이었다.

하지만.

'뭔가 다른데?'

응급환자가 있다 해서 부르는 것 치고는 그 기미가 이상하였다.

환자에게 있어 병은 다급한 것이 될지 몰라도, 의방에서 응급환자는 일상 아닌 일상이지 않은가.

그러니 저 정도로 다급해하는 경우는 거의 없었다. 그런데도 다급해한다는 것은 뭔가 있다는 말이지 않겠는가?

무언가 싸한 느낌이 드는 운현으로서는 하던 일을 멈춘 채로 바로 밖으로 달려 나왔다.

"무슨 일입니까?"

"신의님! 큰일 났습니다."

평소 놀라는 법이 없는 서생 한울이 이리 다급한 표정이라니.

'역시.'

환자가 온 것이 아니다. 환자가 아닌 다른 일이 있다.

"큰일이요?"

"예! 어서 장인실로 가봐주시지요! 급합니다!"

장인실? 한춘석이 머무는 곳에 지어준 이름이지 않은가. 그에게 무슨 일이?

"어서요!"

아주 잠시라도 할애할 시간이 없는 것인가. 자신이 일이 당하기라도 한 것처럼 한울이 다급히 채근한다.

게다가 저 멀리서 보이는 빛은 뭐란 말인가? 화마(火魔)인가?

"먼저 가 보겠습니다!"

괜한 소문이 나다 81

근래, 수련 외에는 펼치는 일이 없는 경공을 펼치며 운현이 한춘석이 있을 곳을 향해 달리기 시작한다.

*   *   *

운현은 달려가면서도 계속해서 생각했다.

자신이 있는 곳과 한춘석이 있는 곳은 의방의 끝과 끝. 그렇다 해도 그리 멀지 않은 길이건만 멀게만 느껴진다.

'불인가?'

불이다.

'장인이 있을 곳에 웬 불이란 말인가?'

금속을 다루는 그가 있기에 항시 불이 꺼지지는 않는다지만, 저 정도의 화마는 아니지 않는가.

그가 실수라도 한 건가? 그래서 불이 번진 거고?

'그럴 리가.'

무언가 이상하다. 이런 일은 자연스럽지 않다. 다른 이라면 모를까, 꼼꼼하기 그지없는 한춘석이다.

홀로 일을 하고는 있지만 그런 실수를 할 자도 아니다.

게다가 요즘은 다른 것도 아닌 자신이 준 연구를 하고 있지 않은가. 선풍기를 연구하는 데 불이 날 일은 자신이 알기로 없다.

그런데도 불이 났다.

대체.

가서 보니 화마가 한춘석을 위해 마련해 준 장인실을 크게 불태우고 있었다. 마치 자신의 존재 목적이 그것이라는 듯이.

"신의님! 여기예요!"

먼저 와 있었던 것인가? 다행이다.

제갈소화, 남궁미가 한춘석을 부축하고 있었다. 피를 흘리는 상태. 척 봐도 한춘석의 상태는 그리 좋지 않아 보였다.

"어서 꺼!"

"물! 물을 가져오라고!"

상황은 난장판이었다.

불이 붙어 있었고, 그 불을 끄기 위해 의방 사람들이 한데 나와서 있는 물, 없는 물 다 가져다가 끄려 노력하고 있었다.

분투를 하고 있는 것이다.

하지만 부족했다. 아니, 부족할 수밖에 없었다. 저 큰 불길을 보라!

이미 화마는 장인실을 집어삼킨 지 오래다. 그 안에 있던 것은 전부 불타올랐을 것이고 남은 것이 없을 것이다.

꺼 봤자 의미가 없다. 대신.

"더 이상 불이 퍼지지 않게만 하시지요! 주변의 흙을 전부

퍼내요."

"예!"

불이 모두를 잡아먹지 않도록, 의방 전체에 퍼지지 않도록 막아줄 필요가 있었다.

그나마 다행인 점이라면 사람을 별로 좋아하지 않는 한춘석의 성격 덕에 장인실이 의방의 끝에 멀리 떨어져 있다는 점이랄까.

주변에 퍼지지 않을 확률이 높기는 하였다.

운현은 사람들을 향해서 명령을 내리면서도 한춘석을 향해서 순식간에 다가갔다. 그리고 본 그 광경은.

"크으……."

신음을 흘리는 그. 괄괄하던 평상시의 모습답지 않게, 힘이 전혀 없어 보이는 한춘석이 기다리고 있었다.

"시, 신의……님."

운현이 올 때까지 겨우, 겨우 버티고 있었던 것일까? 무언가를 말하고 싶었던 것일까?

아직 한춘석의 속내는 알 수 없었다.

다만 확실한 것은 그가 겨우 겨우 버텨 가고 있었다는 것. 운현을 보자 긴장이 풀린 것인지 정신을 놓으려 한다는 것이 중요했다.

"크……."

"우선 치료를 하지요! 치료를!"

다행히 상처는 그리 중해 보이지 않았다. 외상이 많이 보이기는 했지만, 죽을 상처는 아닌 듯했다.

아니, 복부를 보니 이야기가 좀 달라졌다.

'자상.'

복부에 자상이 있었다.

제갈소화, 그도 아니면 남궁소가 점혈을 한 덕분인지 피는 더 흘리지 않고 있었지만, 그 전에 많은 피를 흘린 듯 옷이 젖어 있었다.

외과를 전공한 운현이지만, 이 세계에서 보고 배워 온 것이 있지 않은가.

척 봐도 훤했다. 찌른 것이다. 무슨 이유에서인지 몰라도 한춘석을 찌른 자가 있었다.

고오오—

진기를 주입한다.

항생제의 효과, 사람을 살리는 치유에 탁월한 효과가 있는 자신의 진기라면 체력이 떨어져가는 한춘석의 상태를 막을 수 있을 것이다.

그렇기에 운현은 자신의 진기를 주입하는 데에 한 점 망설임이 없었다.

"붕대! 붕대를 가져와!"

"여기요!"

다행이다. 붕대를 챙겨 온 자가 있었다.

경공을 아직 제대로 익히지 못해, 늦게 온 지민이었지만 다행히도 붕대는 미리 챙겨 왔다. 운현이 가르쳐 준 대로 응급치료용을 가져 온 것이다.

"후우……."

점혈이 아닌 압박을 하고 붕대로 막아 더 피가 흐르지 않게 한다. 그렇다고 점혈이 풀린 것은 아니니 도움이 될 것이다.

당장에 꿰매지는 못하더라도, 이것으로 응급처치는 될 것이다. 아니, 점혈 자체가 응급처치다.

누가 했는지는 몰라도, 아주 잘했다.

'정신이 없군…….'

다른 사람이라면 모를까. 생각지도 못한 한춘석이 일을 당했다는 것에 정신을 차리지 못했었다.

환자를 두고 정신을 못 차리고 놀라다니. 의원으로서 실격인 셈이다. 어쨌든 좋다.

'정신 차리자.'

이제부터라도 정신을 차리면 되지 않겠는가.

"갑시다!"

응급조치를 다한 운현이 한춘석을 구하기 위해서 움직이

기 시작한다.

미리 마련한 자신의 수술실. 의료기기들이 있는 곳이다. 그가 만들어 준 기기들이.

한춘석을 수술한답시고 쓸 줄은 몰랐던, 그곳으로 운현은 사람들과 함께 한춘석을 데리고 움직인다.

그리고, 그 안에서 그를 꿰매면서 본격적인 치료를 하기 시작한다.

진기는 물론이고, 더한 감염을 막기 위해서 소독을 하였으며, 한의원으로서 지혈을 할 수 있는 약초를 발라준다.

놀람을 진정시킨 뒤로는, 그 누구보다도 침착하게 할 수 있는 모든 것을 해내는 운현이었다.

어려운 수술이라고 할 것도 없었다. 다행히도.

다행히도 상처가 그리 깊지는 않았다. 누군지는 몰라도 처음부터 한춘석을 죽일 의도는 없었던 듯하다.

다만 상황이 여의치 않았는지, 급히 찌른 기색이 강했다.

깊지도 않은 상처, 피를 많이 흘린 것이 문제기는 했지만 꿰매는 정도의 수술은 어렵지도 않은 일이었다.

선천진기의 도움으로 더 상황이 악화될 리도 없었으니 최악의 상황은 처음부터 나올 일이 없었다.

애초에 자신의 마음만 잡으면 되었던 것이다.

'젠장. 다시는……'

다시는 지인이 다쳤다 해서 놀라거나 하는 실수를 하지 않을 것이다. 자신은 의원이지 않은가.

자신이 놀라게 되면 살 사람도 살리지 못하게 된다.

지인이 다쳤다는데 놀라지 않을 이가 있을까 싶지만, 자신은 일반인도 아닌 의원이기에 놀라지 말아야 했다.

'해이해졌던 것일까? 그럴지도. 다음부터는 그러지 않도록 해야지.'

그리고 그 상태로 얼마나 시간이 지났을까?

밤새 수술을 하고, 진기를 도인하고, 한춘석의 상황을 살피면서도 의원으로서의 마음을 다잡고 있던 그때.

한춘석의 눈이 잘게 떨리기 시작한다.

"휴우……"

깨어날 시간이 된 것이다. 때를 증명하는 것인지 그가 조금씩 신음을 흘리면서 잘게 떨던 눈을 뜨기 시작한다.

"으으……"

닫혀져 있던 한춘석의 눈이 조심스레 열린다.

"시, 신의님……"

"여기 있습니다."

"흐으…… 사, 살았군요. 크으."

아직 복부에 고통이 느껴지는 것일까? 그가 말을 내뱉을 때마다 고통스러운 듯 인상을 더 찡그린다.

그래도 다행이다. 살지 않았는가.

죽지만 않으면 되었다. 복부에 흉터가 생기기는 했지만, 그 정도는 신경 쓰지 않을 한춘석이지 않은가.

"크……."

"휴우…… 다행입니다."

그제야 밤새 그의 곁을 지키고 있던 운현은 작은 한숨을 내뱉었다. 다친 지인을 살렸다는 것에 대한 안심이리라.

사람을 살렸으니 되었다. 아는 이를 치료해 내었으니 되었다. 시간이 걸릴지언정 더 문제는 생기지 않을 것이다.

'이제 중요한 것은 그 뒤.'

하나를 해결했으니, 남은 것은 다른 하나다.

"무슨 일이 있으셨던 겁니까?"

한춘석을 공격한 자를 찾아야 했다.

누구인지, 어떤 목적인지, 어떤 이유인지를 알아내야 했다.

第五章
욕심이란……

사람이 다쳤다.

그것도 자신의 심복과도 같은 사람이다. 많은 것을 공유하였으며, 또한 많은 것을 공유할 자.

앞으로 많은 이들을 치유하는 데 쓰일 것들을 만들어 줄 한춘석이 누웠다.

이 정도면 운현이 움직이는 데는 충분한 이유가 되지 않는가.

"잠시 의방을 맡기겠습니다."

"맡겨만 주시지요. 최선을 다하겠습니다."

우진이다. 지금에 이르러서는 운현 다음으로 의방에서 의술이 가장 뛰어난 자가 그다.

비록 운현에 비해서는 아직 한참 부족하기만 하지만, 다른 의원들과 힘을 합치면 충분히 의방을 잠시 맡아줄 수 있을 것이다.

게다가 제갈소화도 있지 않은가. 총관으로서의 그녀라면 충분히 의원들을 도와줄 수 있을 것이다.

당장 믿을 자들은 의외로 많았다.

"예. 믿겠습니다."

"얼마든지요!"

만난 지는 얼마 안 되었지만, 든든한 자다.

그가 지금처럼만 성장을 해 준다면 운현의 꿈과 뜻을 같이 하는 자가 돼 줄 수 있을 것이다.

'그 이전에…… 한 장인을 그리 만든 자부터 찾아야겠지. 확실히 처리해야 해.'

사람을 찾는 데는 제격인 곳들이 있지 않은가. 하오문과 개방, 그에 더해서 흑점까지. 많다.

다 찾아가 보려면 제법 많은 시간이 할애될 것이다.

"나가시는 겁니까? 도련님."

의방의 문을 나서려고 하자, 문을 지키고 서 있던 표사 중에 하나가 운현을 바라보고 있었다.

칠동이라는 우스운 이름을 가진 사내는, 한춘석이 공격을 받았다는 사실에 아버지 이후원이 보내 준 표사 중에 하나였다.

그가 다가 아니었다. 그 외에도 현재 의방에는 삼십이나 되는 표사들이 의방을 지키고 있었다.

"칠 표사님."

"하핫. 알아봐주시는군요."

그도 그중 하나다.

지금까지야 위험이 닥쳤던 적이 없었지만, 이미 닥친 일이 있으니 당장에 많은 사람을 보낸 것이다.

"가 봐야 할 때가 있어서요."

"사람을 데리고 가시는 게 어떻겠습니까?"

운현이 홀로 움직인다는 것에 걱정을 하는 걸게다. 누가 뭐래도 그는 의원이기 이전에 표국의 자랑이자 중심이다.

그의 중요성은 이통표국에 있어서 국주와도 맞먹는다고 할 수 있는 상황이지 않은가.

하지만 과한 경호까지는 필요 없었다.

한춘석을 찔렀던 어색하기만 한 솜씨, 부족한 뒤처리 같은 것을 보면 한춘석을 노렸던 자는 고수는 아녔다.

우발적 범행이거나, 계획이라고 하더라도 빈곤한 계획으로 쳐들어왔다.

무공을 거의 익히지도 못하였을 것이며, 어수룩한 수준의 사람이 쳐들어온 것이다.

우습게도 자신의 의방은 그런 어수룩한 자를 막지 못한 것이고.

비록 최상위의 고수는 못 되는 운현이지만, 무공을 제대로 익히지 못한 자는 상대할 수 있는 터.

"괜찮습니다. 부족하기는 하나 저 하나 정도는 건사할 수 있을 테니까요."

"옙! 그럼 저희는 단단히 이곳을 지키고 있겠습니다."

"그럼 부탁드리지요."

같이 할 필요가 없이 운현은 혼자의 몸으로 의방을 나섰다.

"일단은…… 익숙한 곳이 낫겠지."

첫 목표지는 하오문이다. 그녀가 있을 것이다.

*   *   *

밤이 화려한 홍등가.

모든 것이 어두움에 잠길 때에도 이곳만큼은 어둠이 곧 시작인 곳이었다.

운현이 평소보다도 느지막하게 찾아 와서 일까? 여느 때와 같은 모습이면서도 묘하게 분주했다.

밤을 밝히기 위해서 한창 준비를 하고 있는 듯했다.

"어머. 신의님?"

"얘!"

운현에 대한 소식을 이미 들어서일까. 평소라면 운현에게 와 달라붙었을 여인들도 오늘만큼은 그 누구보다 조신했다.

운현에게 알아보고 다가가려던 여인도 다른 여인의 부름에 몸가짐을 바로 했다. 때로 끈적하기도 한 농담도 전혀 없었다.

의방에 일이 있었으니 그것을 신경 써 주는 듯했다.

'⋯⋯배려로군.'

운현은 그녀들의 배려를 감사히 받으며 등산현의 홍루 중에서 가장 많이 찾아갔던 그곳을 찾아갔다.

야화가 머물고 있는 하오문 등산현 지부다.

"⋯⋯오셨군요."

"예."

"그럼 이쪽으로."

부산한 행차도, 암구호를 말할 필요도 없었다.

운현의 상황을 배려하는 것인지 그들은 가타부타 말도, 농을 칠 것도 없이 바로 운현을 하연화에게로 안내했다.

"오랜만에 뵙습니다."

"일이 있으셨다 들었습니다. 괜찮은지요?"

"……괜찮았습니다. 치료는 되었지요. 앞으로도 될 것이 고요. 다만……."

앞으로가 문제다. 한춘석이 아닌, 운현의 사람을 공격한 것이 문제인 것이다.

그는 자신을 무인이기 이전에 의원이라고 생각하는 자였지만, 이런 일을 허투루 넘어갈 만큼 어수룩하지는 않았다.

'내 사람부터 지켜야 한다. 본보기도 보일 필요도 있겠지.'

사람을 쉬이 죽이기도 하는 지금의 시대이기에 지금이 더욱 중요했다.

자신의 사람인 한춘석이 공격을 받았는데도 제대로 대처를 하지 못한다면? 한 번이 아니라 두 번, 세 번 같은 일이 일어날 것이다.

그러니 제대로 처리해야 했다.

'그 뒤도…… 더욱 단단히 준비를 해야겠지.'

운현이 마음을 다시금 다잡고 있는 것을 보며 하연화가 작게 한숨을 내쉬어 본다.

딱딱하기만 한 운현의 표정을 처음 봐서인지, 그런 운현을 바라보는 그녀도 마음이 크게 쓰이는 듯했다.

"……사람을 찾으러 오신 거겠지요? 의뢰구요."

"그렇습니다. 그대로 있어서 좋을 것은 없으니까요."

"좋을 것이 없다라…… 그렇겠군요."

그녀도 조직을 이끄는 자다. 비록 한 지부에 국한되기는 하지만, 사람을 이끄는 자로서 아는 것이 있다.

운현이 무엇을 생각하는지 읽은 그녀다.

"생각 이상으로 대단한 곳이 노리지는 않은 듯했습니다."

"그렇겠지요. 호북성에 대단한 사파가 있을 리는 없겠지요. 하오문은 정사지간이고요."

"정사지간이라…… 후훗. 좋은 말이지요. 그때는 어쩔 수 없는 선택이기도 하였지요."

정파는 결코 못 되는 하오문이다. 사파라면 사파에 가까운 문파.

하지만 중간에서 줄다리기를 잘해서인지 정사 중간의 문파로 구분되곤 하는 곳이 하오문이기도 했다.

막대한 자금과 많은 정보들을 정파에 적당히 상납한 덕분이다.

허나 지금은 하오문이 중요한 게 아니었다. 하오문이 운현이 필요한 정보를 가졌다는 것이 중요했다.

"대단한 곳이 아니라는 소리는…… 미리 조사를 하셨다는 말도 되겠군요?"

"예. 소식을 듣자마자 등산현에서 일을 벌일 만한 자들을 찾아보았지요."

소식을 듣자마자라. 역시 빠르다. 범인을 찾아야 하는 운현으로서는 다행인 일이기도 했다.

"누구입니까?"

"……파락호라고 하기에는 그 수준을 넘어서는 자들입니다. 그렇다고 무인이라기엔 또 부족한 자들이구요."

"낭인이군요?"

떠돌이 낭인인 것이 분명하다. 어설픈 짓을 하는 것으로 보아 제대로 실력도 갖추지 못한 자들이기도 했다.

"예. 일확천금을 노리고 벌인 일인 듯했습니다. 기물을 만드셨으니까요."

"기물인 겁니까. 하……."

일확천금이라. 하기야 사연이 어떻든 돈에 목숨을 걸고 떠도는 자들이 낭인이다.

돈이라면 무슨 짓이든 하기에 같은 무인들에게도 천대를 받는 자들이며, 돈을 위한 승냥이 떼가 되곤 하는 자들이지 않은가.

그들이라면 한춘석이 황금 알을 낳는 거위로 보였겠지. 노릴 만한 충분한 근거가 됐다.

"신의님만 잘 피하면…… 노릴 수 있을 거라 여긴 듯했습니다."

"……그렇겠지요. 저를 제외하고 의방에는 무인이라 할 자들이 그리 많지 않았으니까요."

그제야 이해가 갔다. 승냥이들이 보기에 운현의 의방은 아주 맛있는 먹잇감으로 보였을 것이다.

 장지민은 아직 무공의 기초를 배우고 있는 상태다. 제갈소화의 경우에는 무인이지만, 총관의 일로 한춘석과는 가까이 있지 않은 상태.

 남궁미 같은 경우엔 가까이에 있는 장원을 구해서 남궁가 무인들과 함께하고 있지 않은가.

 무인이라고 할 자가 의방에 없었다.

 기물 같은 보물을 가졌지만, 지키는 자는 없는 곳이다. 털어버리기에 그만한 곳도 없다.

 '무인을 근시일 내에 구해야겠군.'

 표사들이 계속해서 투입되어 있을 수는 없을 테니 자체적으로 의방을 지킬 사람들을 구해야 할지도 모를 상황이다.

 허나 지금 당장은 그런 것은 역시 차후 문제였다.

 중요한 것은 지금.

 "어디에 있습니까?"

 "실패를 한 뒤로 등산현을 벗어나 남쪽으로 움직이고 있다고 합니다."

 "도망이군요. 사파의 영역으로요."

 "그런 듯합니다."

 얻을 정보는 다 얻었다.

더 얻을 정보도 없어 보이며, 이미 용모파기도 그려 놓은 듯 종이 꾸러미도 건네어주는 하연화였다.

"감사합니다. 의뢰비는 다음에 드리도록 하겠습니다."

"……죄송합니다. 하오문은……."

"아닙니다."

그녀가 죄송할 것이 뭐 있으랴.

하오문은 정보를 알아도 먼저 나설 수 없다. 그들은 자신들이 가진 정보를 이용하여 선제적으로 움직여서는 안 되었다.

그래야만 살아남으니까.

정보를 이용하지 말아야만, 정파인들이 그들을 살려 놓을 테니 그래선 안 되었다.

정보를 이용할 줄 알면서도 이용하면 안 되는 정보들이 많은 그들에게는 천형과도 같은 것이다.

정파의 틈바구니 속에서도 살아남기 위한 그녀들의 방법이기도 하였으니, 먼저 알리지 못한 것도 이해 못 할 바는 아니다.

그러니 그녀가 알면서도 먼저 나서지 못한 것이다. 제약에 묶여 있으니까.

"차라리 다음번에는 이럴 때 도움을 달라 미리 의뢰를 넣어 놓도록 하지요. 다른 정파도 그럴 때가 있지 않습니까?"

"……예."

그 또한 이번 일을 계기로 풀어 나가면 되었다. 우선은…….

"그럼 이만."

놈들부터 잡아야 했다.

* * *

야트막한 언덕길.

비록 낮은 언덕이라고는 하지만, 가도를 제외하고는 사람의 손길을 타지 않은 곳이다. 시선을 숨기기에는 제격인 곳이라는 소리다.

그 증거로 헐레벌떡 달려오는 몇몇의 무사와 조금 떨어진 곳에 보부상 차림의 사내를 제외하고는 아무도 없지 않은가.

"허억…… 헉…… 여기쯤인가?"

"후으…… 저기인 듯하군."

"가…… 자. 헉. 허억……."

경공도 제대로 익히지 못한 무사들인 것인가. 아니면 너무도 먼 길을 달려 왔기에 내력이 다한 것일까.

그들은 숨도 제대로 고르지 못한 채로 새로 잡힌 목적지를 향해서 걸음을 옮겼다.

이동하는 모습을 가만 보고 있자니 무사들은 제대로 된 명문의 무사라고 하기에는 초췌했다.

무사의 목숨이라 할 수 있는 검도 제대로 수선을 못한 것인지 낡아 빠져 있었다.

속에 있는 날은 어떨지 몰라도, 보통 무사들이 검을 자신의 여인처럼 대하는 것을 생각하면 비루한 모습의 검이었다.

며칠간 피로가 누적되었는지 초췌한 표정을 하고 있는 얼굴은 넘어간다손 쳐도 그 의복을 보라.

척 봐도 오랫동안 씻지 못한 태가 났고, 기품이 있어 보이지는 않았다.

낡은 검, 헤진 의복, 부족해 보이는 경공 실력. 많은 것을 종합해 보자면 이들은 낭인이랄 수밖에 없었다.

하급의 낭인. 제대로 무공을 배우지도 못한 낭인들이다.

인적 자체가 드물다. 어두웠고, 불빛이라고는 보부상 사내가 내고 있는 작은 등불이 다였다.

무사 사내들은 보부상 차림의 사내와 가까이하면 할수록, 낯빛이 더욱 어두워졌다.

일면식이 있는 듯한데 낯빛이 어두워지다니. 무슨 사연이 있지 않고서야 그럴 리는 없었다.

"허어억…… 허억……."

미친 듯이 달려 온 덕분일까. 무사들은 잠시 숨을 고르는데 시간을 할애해야 했다.

그 모습이 안쓰러워 보일 법도 하건만 보부상 사내는 여전하면서도 기시감이 느껴지는 평온한 얼굴로 물었다.

"어찌 됐소?"

보부상의 물음에 무사들 중에 하나가 미리 정한 대표였는지 조심스레 말을 올렸다.

"시, 실패했소이다."

"실패? 그래. 그리 듣기는 했지."

"……."

이미 들었던 것일까.

하기야 의뢰를 넣을 때도 그랬다. 그는 뭔가가 있었다.

처음에는 털어먹기 좋게 보이는, 별거 아닌 듯 보이던 보부상 사내가 자신들을 휘어잡는 것은 순간이었다.

그러니 자신들이 소식을 전하기도 전에 뭔가를 알아채는 것 정도야 가능할 것으로 보였다.

'사파…… 그것도 제대로 된 사파무사겠지.'

사내들은 그리 생각했다.

등산현의 바로 아래가 호남성. 호남성은 곧 사파의 영역이니 자신들을 시킨 것으로 생각하고 있는 것이다.

무공도 익히지 않은 장인 하나를 납치하는 것이니 손쉬울 것이라 생각한 것이 오산이었다.

그리고 가장 큰 오산은,

"미, 미안하오이다. 내 의, 의뢰금은 꼭 어떻게든……."

그가 건넨 의뢰금을 받자마자 기루에 처박았다는 것이 더 문제겠지. 평소의 습관대로!

세상을 너무 만만하게 봤다. 그리고 만만하게 본 대가는 생각 이상으로,

"크윽……."

컸다.

낭인의 대표를 맡고 있던 자의 이마에 검은 점이 생겼다. 아니 등불이 비치는 것을 보니 하얀 점이었다.

하얗디하얀. 어쩌면 시리도록 차가워 보이는 빛이 반사되었다. 쇠다.

보부상이, 아니 누가 날렸을지 모를 암기가 낭인의 머리를 그대로 꿰뚫어 버린 것이다. 끝까지 전부 박히도록. 단단히!

"무, 무슨…… 이게 무슨 짓이오!"

"으, 으으……."

바로 자신들을 죽일 거라고는 생각지 못했던 것일까. 하나는 놀라고, 다른 하나는 목소리를 높여 따져본다.

반응은 서로 다르지만, 그 속마음은 하나로 귀결되어 있었다. 겁을 먹었다. 공포다.

"큭."

다시 다른 낭인 사내 하나가 죽었다. 겁에 떨며 신음을 내뱉던 사내가 아니라, 목소리를 높이며 따져 보이던 낭인이다.

"으으……."

암기를 날리는 자는 공포를 이용할 줄을 알았다.

조금이라도 반항하는 자를 죽이면, 자신이 무슨 짓을 벌이든 간에 공포가 확산되어 반항이 줄 것이라는 것을 확실히 알고 있었다.

한두 번 해본 솜씨가 아니었다.

보부상은 여전히 상황에 맞지 않은 평온한 표정을 하고서는 있었을 뿐이다. 아니. 이제는 더 숨길 필요도 없다는 걸까.

품에 있던 암기를 손에 꺼내어 들었다.

"비접……."

"용케 아는가 보군?"

"모, 모를 리가……."

비접. 대단해 보이는 이름을 가지고 있지만 대장간에 가면 쉬이 살 수 있는 암기다.

얇지만, 멀리 날아가는 데는 충분한 암기다. 많은 낭인들이 호신용, 그도 아니면 도주용 정도로 쓰는 그런 암기다.

그 이름만큼이나 날이 얇은 덕분에 살상용 암기로는 자주 쓰이지 않는 암기가 비접이다.

그런데 그런 비접으로 머리뼈를 뚫고 뇌를 곤죽으로 만드는 것이 가능하다고? 보이지도 않게?

'고수다.'

자신들은 상상도 하지 못할 고수가 의뢰를 맡겼던 것이다. 그것도 모르고 자신들은 의뢰를 맡고, 의뢰금을 전부 써버렸다.

그 대가라고 한다면…… 사파에서는 뻔하지 않은가?

죽음이다.

자신들의 허접한 경공으로는 도망을 가지도, 반항을 하지도 못할 것이다. 수가 다섯 배는 더 많아도 소용이 없다.

남은 다섯의 수로는 고수에게 덤벼들 생각도 할 수가 없다. 그러니 남은 방법은 하나다.

낭인들 전부가 약속이라도 한 듯 엎드렸다. 종이 주인에게 빌기라도 하는 것처럼 두 손을 위로 올리고서는 외쳤다.

"사, 살려 주십시오!"

"무슨 짓이라도 하겠습니다요, 제발! 제발!"

"……홀어머니를 모셔야 합니다요. 그러니까……."

삼류다운 삼류의 사연. 삼류다운 빌기. 삼류다운 태도.

어느 하나 보부상의 예상을 뛰어넘는 모습을 보이지 못하고 있었다.

"큭."

다른 하나가 죽는 그 순간까지도. 또 다른 누군가가 죽을지도 모를 그 순간까지도 그들은.

"제, 제발……."

반항할 생각을 하지 못했다. 비는 것만이 그들에게 남은 선택지라도 된 듯한 태도였다. 비굴했다.

하지만 살아남기 위해서는 이것이 가장 확률이 높은 방법일는지도 몰랐다.

재미가 없어진 것일까? 보부상은 고개를 휘휘 저으며 사내들에게 평소 하지 않을 말을 해 주었다.

"이런. 이런. 어차피 다 죽을 것을……."

역시 다 죽일 것인가? 낭인들 모두 예상은 하고 있었던 바다. 하지만 이런 식으로 사형선고를 해서야.

"나, 날 죽인다고?"

"우와아아아악!"

이런 식으로 반항을 하는 자가 생기지 않겠는가?

보부상에게 죽는다는 공포가 아니라, 이대로라면 죽을 수밖에 없다는 생사의 공포에 억눌려 낡은 검이라도 들고 뛰어

나올 수밖에 없지 않느냐 이 말이다!

"그래. 크큭…… 그래야지."

그 모습에 만족한 것일까.

퍼어어억!

비겁을 쏟아내어 아무 짓도 하지 않던, 그에게 죽일 거냐고 따져 묻던 자에게 암기를 날린다.

반항을 하라는 신호였다.

말을 하지 않아도 알았다. 조금이라도 더 살고 싶다면. 조금이라도 못난 목숨을 부지하고 싶다면 반항하라는 신호다.

"우왁!"

"우와아아악!"

그때부터다. 죽기 싫다는 공포에 전염된 그들은 구석에 몰린 쥐가 고양이를 물려 하는 것처럼 광기를 실어 달려들기 시작했다.

하지만…… 되도 않는 실력으로 날뛴다 한들 무슨 소용이 있겠는가. 그들의 차이는 고양이와 쥐 정도의 차이가 아니었다.

그래. 흡사 개미와 인간 정도의 차이일지도.

"크아아악!"

재밌다는 듯 날린 보부상 사내의 비접에 다른 사내가 쓰러졌다? 아니. 쓰러진 게 아니었다.

팔에 맞았다.

고수인 그가 이 거리에서 암기를 날리는 것을 실패라도 했다는 말인가. 그럴 리가?

"크큭……."

즐기고 있는 거다. 보부상은.

목숨을 걸고 달려드는 낭인 사내들의 모습을 보며 즐기고 있는 것이었다. 그때다.

"멈춰!"

저 멀리서부터 낭인들과 보부상이 아닌 다른 어떤 인형이 그들을 향해서 달려들고 있었다. 다급하지만, 빠른 모습. 제대로 경공을 펼친 모습이다.

운현이다. 낭인들을 추격하려고 나선 그가 뒤늦게서야 모습을 드러낸 것이다.

"이런……."

그제야 보부상 사내가 낭패라는 표정을 짓는다. 즐기기 이전에, 시간을 너무 끌었다는 것을 자각한 것이다.

"죽어라!"

이대로 증거를 남겨서야 좋지 못하다고 여긴 것일까?

순식간에 자신의 손에 있던 비접들을 꺼내어든 보부상 사내가 살아남은 낭인들을 상대로 암기를 쏟아 부었다.

한, 두 개의 암기가 아니다. 말 그대로 암기를 쏟아 부었다! 마치 수십이 날린 것처럼!

"크아아아악!"

"큭……."

그러곤 그 상태 그대로 뒤도 돌아보지 않고서는, 물러났다. 운현을 상대함에도 부족함이 없을 듯했는데, 그는 한 점 망설임도 없이 도망을 치고 있었다.

마치 지금은 붙어서는 안 된다는 듯이!

그가 물러난 곳은, 남쪽이었다. 사파의 영역, 호남성 방향.

그게 과연 우연이었을까? 그도 아니면 의도였을까? 의문만을 남긴 채로 보부상이 사라졌다.

第六章
짐승에게, 인정을 버리다

창천칠검(蒼天七劍).

시리도록 아름답기만 한 검을 가진 자들에게 붙은 별호가 아니다. 많은 무림의 명사처럼 호사가들이 붙여준 별호도 아니었다.

꿈? 그래. 꿈을 가져다 붙인 것일지도 몰랐다.

자신이 붙인 별호이니, 아무도 알아주지 않는다 하더라도 웅장한 이름을 몇 글자 가져다 쓸 수는 있지 않겠는가.

각자의 사정을 가지고 처음 모이게 된 그들은 그런 이름을 붙였다.

처음은 순수했다.

누군가는 죽은 아버지를 대신하여 어머니를 모셔야 했고, 또 누군가는 당장 급하게 돈이 필요했다.

그도 아니면 꿈이라도 컸다.

비록 낭인일지 모르겠지만 호쾌하게 무림을 휘저어보겠다는 정도의 꿈은 누구나 가질 법한 꿈이지 않은가?

그러나 꿈은 꿈이었을 뿐, 그들의 순수함은 얼마 가지 못했다.

명문 문파도 못 되는, 아니 명문 문파의 제자가 세운 중소 문파 수준에도 못 미치는 자들이 붙을 곳이 어디 몇 곳이나 되겠는가.

끽해 봐야 무관 출신인 그들이다.

그것도 삼류의 무관. 제대로 무공을 익히지 못한 무림인이 가르치는 무관 출신들이 바로 이들이다.

각각 다른 지역, 다른 무관을 나왔지만 일곱 중에서 어느 하나 제대로 된 무인이 없었다.

아무리 중원 무림이 넓다지만, 제대로 된 무공을 익히지도 못한 자들에게 넘겨줄 일거리나 있겠는가?

아니면 협행이나 제대로 할 수 있겠는가.

없다. 처음의 꿈은 거대할지언정, 실력이 거대하지는 못하였기에 할 수 있는 것이 없었다.

그때부터 그들은 점차 타락했다. 조금 더 아래로, 더 아래로, 선을 넘어가기 시작했다.

아주 작은 일거리가 주어지면, 그것을 행하고는 바로 계집질을 했다. 영웅호걸은 색을 탐한다는 핑계로.

그런 일거리조차 주어지지 않으면,

"가진 것을 두고 가면 살려 주마!"

산적이 되기도 하였고, 또 때로는 작은 가옥 몇이 있는 화전민촌을 털었다. 아래로, 아래로 추락하여 쓰레기가 된 것이다.

그러고는 이내,

"좋은 의뢰가 있는데 한번 받아보려는가?"

"뭐요? 가진 거나 두고 어서 냉큼 꺼질 것이지!"

"하핫. 고작 해야 이 보부상의 짐이 탐난다면 그거로 끝이겠지. 크게 한탕을 할 수 있는 것인데……."

그때, 바로 그때에 잘못된 선택을 했다. 아니, 이미 잘못된 선택을 하고 있었는지도 모르겠다.

단지, 그들은 더 잘못된 선택을 했을 뿐이다.

건드리지 말아야 할 자들을 건드렸고, 받지 말아야 할 일을 받았다. 그뿐이다. 무림에서는 심심찮게 일어나는 삼류의 이야기지 않은가.

실력이 부족한 것을 인정하지 못하고, 무림을 떠돌며 타락한 낭인의 이야기 정도의 수준.

재미도, 그렇다고 사람들의 흥미를 이끌 만한 어떤 소재도 되지 못하는 그런 자들의 이야기.

바로 운현이 이곳에 도착하기 이전에 읽었던 서찰의 내용이다.

"후우……."

그리고 그런 쓰레기들의 악행이 가득한 서찰을 보고 도착한 그곳에서는, 쓰레기들이 죽임을 당하고 있었다.

운현이 아닌 다른 누군가에 의해서 일곱 중 여섯이 죽었다.

마지막에 날린 암기가 치명적으로 작용했던 것인지 단 한 명만 살아 있었다.

"으으…… 사, 살려 주시오!"

신음을 흘리고 있는 그는 칠검 중 넷째다. 검을 사용하는 무관출신이어서인지 개중에는 그럭저럭 검을 쓴다던가?

알량한 실력을 가지고서 가장 잔인한 자기도 했다. 하오문이 넘긴 서찰에는 분명 그리 써 있었다.

그래서 운현이 고민하고 있는 것이다.

'살려야 하는가. 죽여야 하는가.'

사람을 살리고자 하는 의원이라면 그가 악인이든 아니든 살려야 했다. 의원으로서 당연한 이야기였다.

하지만 무인이라면, 그를 죽여야 했다. 자신의 사람을 공격한 자였으므로 목숨으로 갚아야 하는 것이 당연했다.

'어느 쪽인가.'

자신은 사람을 살리는 의원이면서 동시에 무공을 익힌 무인이다. 항상 이 양자의 상황에서 고민을 했었다.

무당파의 도인이 데려가려 할 때도, 첫 실전에서도, 그 뒤에 이어졌던 산적의 침입에서도 그러했다.

언제나 고민을 해 왔으며 죽임과 살림의 사이에서 갈등했다. 어쩌면 지금 이 순간 그 고민을 마무리 지어야 할지도 모르겠다.

"크으…… 큽. 쿨럭!"

암기에 독이라도 발려 있던 건지 사내가 피를 내뿜는다. 내장에까지 중독이 이른 것이 분명했다.

하지만 반대로 이야기하면 이제야 중독 증세가 일어나는 것을 보면 아직 살릴 희망은 있었다.

독이 약한 것이다.

"쿨럭. 크흐…… 제, 제발……."

마지막으로 살려 달라 말하는 그를 바라보며 운현은 마음을 굳혔다.

'한 장인도 이런 식으로 당할 수 있었다.'

자신이 살려서 망정이지, 그가 당한 자상은 분명 진짜였다. 어수룩했을 뿐이지 죽을 수 있는 상처였다.

살의가 있었다.

자신은 의원, 동시에 의방을 이끌어 가는 의원이다. 사람을 살려야 하는 의원이지만, 자신의 사람을 이끌어 가야 하는 자이기도 했다.

무인이어서가 아니다. 의원으로서, 사람을 이끄는 자로서 해야 하는 행동을 할 참이다.

더 이상의 침범을 허용해서는, 암습을 보고도 넘어가서는 그 뒤에는 단지 부상이 아니라 사망으로 이어질지도 몰랐다.

자신의 사람이 그리 죽어서는 안 됐다.

스르릉.

운현이 검을 뽑아 들었다. 시리도록 맑은 소리를 내며 뽑히는 검의 소리는 그의 싸늘한 마음을 대변하는 듯했다.

"······가시오."

"커윽······."

운현의 검이 그의 심장을 가른다. 내장에까지 중독된 그로서는 치명적인 일검이 되었을 것이다.

그날. 운현은 반항도 하지 않는 자를 처음으로 베었다.

자신의 사람들을 지켜 주기 위해서 한 사람을 베었다. 단호한 마음을 가지고서.

무인으로서, 의원으로서의 양자택일(兩者擇一)이 아닌, 여러 사람을 책임지는 자로서 독심을 품게 된 운현이었다.

* * *

시체를 수습한다.

시체를 한곳에 모으는 것으로 수습이 끝났지만 그것으로 끝이었다. 그 이상은 운현으로서도 무리다.

자신은 성자가 아니었으니까. 어중간하게 매장을 하느니, 차라리 이대로 두는 것이 나을 것이다.

자신의 할 일이 끝이 났다고 여긴 운현은 바로 그 날로 자신의 의방을 향해서 몸을 돌렸다.

"제대로군……."

그런 운현을 멀리 도망간 줄 알았던 보부상 사내가 바라보고 있었다.

'보고를 올려야겠어.'

마지막의 마지막까지 자신의 할 일을 제대로 수행하고 있는 보부상이었다.

보통의 사람으로서도 이틀이 채 걸리지 않을 거리였으니 운현의 경공으로 닿는 시간이라고 하더라도 얼마 걸리지 않는 것이 당연했다.

아마도 그들은 일을 벌이고 나서, 잠시 숨을 죽이고 등산현에 있었던 것이 분명했다. 아니면 그들이 구한 모처라거나.

그리 멀리 가지도 못한 채로 목숨을 잃은 그들이었으니, 괜한 일만 벌인 셈이라고 할 수 있겠다.

다만 무슨 일이든 크고 작은 영향력을 끌어내지 않던가.

누구일지 모를 자로부터 의뢰를 받은 낭인들이 벌인 일은 그동안의 운현의 평온하기만 한 계획에 큰 변화를 주었다.

그가 도착을 하자마자, 꽤 오래 기다리고 있었던 것인지 피로감에 젖은 표정을 하고 있는 제갈소화가 운현을 바라보고 있었다.

"어찌 되셨나요? 범인은요?"

"……죽었습니다."

"그런가요? 혹시……."

운현이 죽인 것인가?

긴 시간은 아니지만 그동안 그녀가 바라본 운현은 쉬이 사람의 목숨을 끊을 자가 아니었다.

그런 부분에서 그는 어수룩하다면 어수룩한 면모를 가지고 있었으니까. 그런데도 혼자 왔다는 것은 역시 죽인 것인가?

"가보니 일곱 중 여섯이 이미 죽어 있었습니다. 무슨 일이 있었겠지요. 그리고 남은 하나는……."

"하나는 어찌 된 거지요?"

그녀도 무림인이다. 누군가의 목숨을 해한 적이 있었고, 앞으로라고 해서 해하지 못할 이유가 있었다.

각오가 서 있었으므로, 타당한 이유만 있다면 사람을 죽일 수 있다.

다만 그녀와 다르게 운현은 그러지 않지 않았던가. 그런데, 답은 의외였다.

"제가 손수 끊어 주었습니다."

"아…… 괜찮으신가요?"

죽은 자는 상관없었다. 일면식도 없었으며, 사정을 보았으니 죽을 만한 자였다. 나고 자라 온 세가에서 그리 배웠으므로 그녀의 그런 생각은 당연했다.

다만 그녀는 그가 걱정되었다.

"해야 할 일을 했을 뿐입니다. 이번에도 어수룩하게 넘어가면…… 그 뒤는 책임질 수 없을 사태가 일어날지도 모르니까요."

"……예. 잘하셨습니다."

해야 할 일을 했다라. 책임지는 자로서 할 일을 했다는 것이겠지. 그 정도의 생각은 그녀도 할 줄 알았다.

'책임감을 느낀 것인가……. 책임이라…… 종사의 기질을 갖춰가는 건가? 설마. 그건 아니겠지.'

잠시지만 운현의 모습은 탄탄한 기둥이라도 되는 듯 큰

무게감을 보여 주었었다.

냉장고라는 새로운 기물, 새로운 약을 연구할 때 보이는 밝은 모습과는 다른 그 어떤 무게감이었다.

일견 제갈가의 가주와도 비슷한 분위기였다.

하지만 이내 제갈소화는 자신의 고개를 휘휘 저으며 잘못 느낀 것이라 생각했다.

아무리 신의라지만 그 정도의 모습을 보일 만한 자라고 생각하지 않는 것이다. 그는 아직 어렸고, 또한 종사가 될 환경을 가진 자는 아니었으니까.

"멀리 다녀오셨는데…… 목욕이라도 하시지요. 미리 준비해 두었습니다."

"배려에 감사드립니다."

"아니에요. 총관으로서 당연한 이야기지요. 후후."

일을 마친 운현이 잠시의 휴식을 취하였다.

"가 볼까."

목욕을 하는 것만으로도 이 시대에는 호사다.

이는 운현이라 하더라도 통용되는 이야기인 터. 충분할 만한 휴식을 취한 셈이 되는 것이다.

의복을 정제하고 다시금 나가려 하니 제갈소화와 문 앞에서 바로 마주쳤다.

"제갈 소저?"

"어머. 바로 움직이시는 건가요?"

다과라도 함께 하려고 했던 것인지, 그녀는 다과상을 봐서는 운현의 집무실 앞에 와 있었다.

어린아이가 아니라도 누구나 좋아할 법한 당과에서부터 시작해서, 귀한 꿀까지. 이 또한 충분한 호사와 휴식을 누릴 수 있는 기회였다.

하지만 지금으로선 해야 할 일이 먼저였다.

이런 호사는 자신이 책임지고 있는 의방의 사람들을 확실히 보호할 수 있을 때서야 누려도 되었다.

"예. 아버지께 찾아가야 할 듯합니다."

"하기는…… 그게 예의에 맞을 듯하군요. 다녀오세요."

목욕을 하고, 의관을 정제한 것부터가 아버지 이후원을 보기 위함이라고 이해한 것일까?

그녀의 성격상 손수 다과상을 준비하였을 것이 분명함에도, 그녀는 다과상을 아까워하기보다는 운현부터 배려했다.

좋은 여인이다.

"배려에 감사드립니다."

"후후. 아니에요. 그럼 다녀오시기를……."

"예. 그럼."

운현은 알까? 제갈가에서는 알아주는 말괄량이가 그녀라

짐승에게, 인정을 버리다

는 것을.

 진실을 모르는 채로 그는 바로 자신의 아버지가 있을 이통표국을 향해 몸을 움직였다.

* * *

 평소라면 운현이 찾아온 것에 무슨 일이냐 물었겠지만, 이번만은 달랐다.

 운현의 의방에 이미 누군가 침입을 했고, 그 사이에 한춘석이 당할 뻔했다는 것을 알고 있는 이후원이다.

 그들의 꼬리를 쉬이 잡아서 움직였다는 소식까지도 먼저 들어 알고 있었으니 운현이 찾아온 것이 이상한 일은 아니었다.

 그렇기에 그는 운현이 찾아오자마자 자신이 하던 일을 멈추고서는 운현을 바라보며 물었다.

 "왔구나. 잘 왔다. 그래. 잘 해결하였느냐?"

 "예. 하오문에서 예상한 바대로 역시나 누군가 의뢰를 한 듯하였습니다."

 "그렇겠지. 누군지는 예상도 못 할 것이 분명하겠고."

 "그렇게 되었습니다. 너무 작위적이지요?"

 "당장 알아낼 수 있었더라면 하오문에서 이미 정보를 주

없을 것이다. 그러니 다급해할 이유는 없다."

"예. 그래야지요."

누군가 자신을 노리고 있다. 산적의 일에서부터 시작해서, 그런 의문이 지워지지 않고 있는 운현이다.

게다가 호북성이라는 곳 자체가 평화로운 무림과 다르게 계속해서 일이 벌어지고 있지 않은가.

산적, 강시, 공물…… 그 외에도 많은 것들이 벌어지고 있으니 더 놀랄 이유는 없었다.

다만 더더욱 준비는 철저히 해야 할 것이다. 또한 자신의 사람을 지키기 위해서 더욱 철두철미해야 할 것이다.

아버지와 만나는 것 또한 그런 준비의 일보 중에 하나다.

"그래도 당장은 잘 해결하였으니 다행이다. 수습은 하였으니, 크게 소문이 번질 리는 없겠지."

"그리돼야 할 겁니다."

딱딱해 보이기만 한 운현의 모습에 무언가 이상한 기색을 느낀 것일까. 이후원이 운현을 새삼스럽다는 눈빛으로 바라본다.

"무언가 결심이 선 눈빛이로구나?"

역시 아버지다. 운현의 변화로부터 무언가가 있음을 직감한 이후원이다.

"예. 일곱의 낭인이 한 장인을 노렸다는 건 알고 계시겠지요?"

"그래. 표두로부터 들었다. 하오문에서 따로 서찰도 전해 주었지."

표두가 보고를 올렸을 것은 이미 예상했다. 하지만 하오문이 서찰까지 전해 줄 정도일 줄은 몰랐던 운현이다.

'나중에 사례를 해야겠네. 빚을 졌군.'

그를 위한 하연화의 배려였음이 분명하다. 그들이 정보를 줄 이유는 있더라도, 이 정도까지 배려를 해 줄 이유는 없었다.

그러니 빚이다. 작지만 언제고 갚아야 할 빚이 되는 셈이다.

"따로 사례를 해야겠군요."

"그래야 할 것이다. 하오문이라고 해서 우습게 볼 자들은 아니니까."

"예. 당연한 이야기입니다. 일단은 다시 본론으로 와서 말씀드리지요. 더 크게 움직이려고 합니다."

"더 크게? 지금보다 말이더냐?"

표행에서 상행을 함께 하는 것 외에도, 표국은 승정환을 팔아들임으로써 많은 돈을 벌어들이고 있었다.

자연스럽게 승정환 판매를 표국에 의뢰한 것이나 마찬가지인 운현도 많은 돈을 벌어들이고 있었다.

이통 표국이 예전에 한 해 동안 벌어들인 수익을 뛰어넘는 수준인 것이다.

게다가 의방만 하더라도, 새로 들인 의원들의 숙식을 챙겨 준다손 쳐도 많은 돈을 벌어들이고 있었다.

승정환의 판매도 판매지만, 신의라는 운현의 명성으로 말미암아 많은 이들이 끊임없이 찾아오는 덕분이다.

이제는 기물에 관한 소문까지 났으니, 그 기물을 보기 위해서라도 찾아올 자들이 있을 것이다.

고로 그가 벌어들이는 돈은 더더욱 많아질 터.

이미 개인이 벌어들이는 돈 이상을 벌어들이고 있는 것이 바로 운현이다.

그런데도 일을 크게 벌이겠다고 한다. 그러니 이후원이라고 해서 놀라지 않을 수가 없었다.

"이대로라면 네가 말했던 계획을 수행하는 데 문제는 없을 것이다. 하나씩, 하나씩 의방을 늘릴 수 있지 않겠느냐?"

"그렇겠지요. 의방을 세우는 거라면 분명 지금 이대로도 충분할지도 모릅니다."

돈을 벌었다. 적어도 호북성에서만큼은 아픈 자들이 없게 하겠다는 원대한 꿈을 위해서였다.

그리고 그 돈을 이용한다면, 하나둘씩 의방을 세우는 것도 꿈이 아니었다. 그리 된다면 많은 자들을 치료할 수 있게 될 것이다.

왕 의원의 유언에 따라 명의가 되겠다는 운현의 꿈에 차근차근 다가설 수 있는 것이다.

그런데도 일을 벌인다는 것은 무엇을 의미하는 것일까?

"욕심이 생겼더냐? 돈을 벌게 되니 더욱 많은 돈을 벌고 싶은 욕심이?"

"아닙니다. 돈에 목적을 두었다면, 처음부터 의방에 미련을 두지도 않았겠지요."

돈을 벌려 했다면 의술을 배우지도 않았을 거다. 궁리를 했을 것이다. 전생에서 배웠던 것을 이곳에 응용할 궁리를 했겠지.

비록 경영에 자신이 있는 것은 아니었지만, 오랜 시간을 두고 궁리를 했다면 분명 큰돈을 벌 수 있었을 것이다.

그가 가진 정보, 생각, 지식이라는 것은 그 정도의 가치가 있다.

그럼에도 그는 의원으로서의 길을 걷기 위해 노력했다. 그런 그가 이제 와서 돈에 욕심이 생기겠는가?

'그럴 리가……'

아쉽게도 자신의 아버지도 이번에는 헛다리를 짚었다.

하기야 운현이 이번 일로 말미암아 어떤 생각을 해냈는지는 오직 운현 자신밖에는 모르는 일이지 않은가.

이후원이 그리 생각하는 것도 무리는 아니었다.

"그럼 무엇이더냐?"

"이대로라면 의방을 세우고 치료할 자들을 만들어 낼 수 있을 겁니다. 의원들을요."

"그렇겠지."

"예. 하지만 지난번 산적들의 침입과 이번의 일로 확실히 알았습니다. 치료만 해서는 안 됩니다."

치료만 해서는 안 되었다. 아픈 자들을 치료하고, 아프지 않게 만드는 것만으로는 충분하지 않았다.

어느세부터인가 자신과 함께하고 있는 자들이 많다.

장인 한춘석, 서생 한울, 의원 우진, 자신으로부터 배우겠다는 장지민, 잠시지만 함께하는 제갈소화까지. 많고 많았다.

앞으로도 많아질 것이다. 그런 사람들이.

"그렇다면?"

"지킬 줄도 알아야 합니다. 저와 뜻을 같이 하는 자들이 그런 일을 당하지 않도록 만들어 주어야 합니다."

그러니 치료만 해서는 안 된다. 지켜야 했다.

"지킨다? 이 아비가 보내주는 표사로는 부족하겠느냐?"

"예. 아버지의 뜻은 감사드리지만, 어디까지나 그 사람들은 임시입니다."

"허어…… 무공이라도 익힐 자들을 찾을 것이더냐? 호위라도 들이려고?"

"처음엔 그래야겠지요. 호위부터 시작을 할 겁니다. 그러고는 이내 지킬 자들을 최대한 많이 구해야겠지요."

"그러고는?"

"자신이 지킬 힘을 가질 수 있도록 만들어 줄 겁니다. 의원이면서 동시에 호신 정도는 할 수 있도록 해 주어야겠지요."

"허허……"

아들의 생각이 거기까지 나아간 것인가?

의방을 세워서 사람을 구제하겠다는 꿈만으로도 큰 꿈이건만, 거기서 나아가 자신을 위한 사람들까지 지키겠다고 말하는 아들이다.

'그릇이 다르구나……'

가문을 만들겠답시고 한평생을 받치려 한 자신이 초라해질 정도로 꿈이 거대하지 않은가?

또한 자신의 아들이라면, 그 꿈을 능히 펼칠 만한 능력도 있어 보였다.

무엇을 하려는지, 어떤 방식으로 하려고 하는 것인지 몰라도 상관없었다. 지금껏 보여준 것 이상의 무언가를 가지고 있음이 분명한 아들이었으니까.

아버지로서 자신이 해야 할 일은 단 하나.

"그리하거라. 이 아비는 언제나 네 편이니."

"……감사합니다."

믿음이면 충분했다. 능히 홀로 잘 해낼 아들에게는 그것이면 충분했다.

'허허. 조율할 것이 많겠구나. 당장에 걸리는 것도 많고.'

형의문에서부터 시작하여, 멀리는 운현과 비슷한 뜻으로 시작을 했던 의선문이라는 곳도 신경이 쓰인다.

중원이라는 것은 단순히 자신이 뜻을 펼치고 싶다 하여 펼칠 수 있는 곳이 아닌 터.

서로 연쇄하여 영향을 끼치는 곳이 중원이고 그가 살아가는 곳이니, 운현이 큰 뜻을 펼치기 위해서는 앞으로 겪고, 해결해야 할 일이 많을 것이다.

'이 아비 또한 최선을 다해 주마.'

운현. 그리고 이후원. 두 부자가 날아오르려 하고 있었다.

第七章
감사를 표하다

 날이 밝자마자 운현은 연공을 하는 것을 끝으로, 한울에게 의방 일을 맡기고서는 바로 의방을 나섰다.

 설사 급한 환자가 있다 하더라도 의원 여럿이 나서면 문제가 될 것도 없기에 걱정할 것은 없었다.

 그가 발걸음을 한 곳은 바로 하연화가 있는 홍루.

 "덕분이었습니다."

 "해야 할 일을 했을 뿐이지요."

 그녀에게 이번 일에 대한 감사와 사례금을 표하고서는 운현은 다른 의뢰를 또 넣었다.

 "무공 교두가 될 자들을 원합니다. 호위로 일할 수 있는 자도 원하고요. 이번에는 인의도 인의지만 실력도 필요로 합니다."

"직접 세력을 가질 생각이신 겁니까?"

"예."

"······원하신다면 얼마든지요."

말을 길게 할 것도, 의뢰를 넣음에 있어서 더 설명을 할 필요도 없었다.

운현과 여러 가지 의뢰로 손발을 맞춰봤다 할 수 있는 하연화이기에 믿고 맡겼을 따름이다.

그것으로 하오문에서 할 일은 우선 끝이다. 개방에도 찾아가 봐야 하기는 하겠지만, 그들이야 다음으로 찾아가면 될 일이다.

"그럼 오늘은 먼저 가보도록 하겠습니다."

"······신의님."

"예?"

다음 할 일을 위해서 급히 움직이려는 그를 하연화가 부른다.

"······아니에요."

무슨 말을 하려던 것이었을까. 무언가 말을 하려던 그녀가 이내 고개를 작게 젓는다.

무언가 일이 있음이 분명하다. 몸을 돌려 가려다 마음이 쓰인 운현이 그녀에게 한 마디를 남겨 놓는다.

"무슨 일이신지는 몰라도, 제가 도와드릴 수 있는 일이면 언제든 연통을 넣어주시기를……."

"예."

이쯤이면 충분했다. 자신이 할 수 있는 일이라면 언젠가는 말을 하겠지.

하연화에게 의뢰를 넣는 것으로 하오문에서의 일을 마친, 운현은 바로 개방을 들러 같은 의뢰를 하고서는 의방으로 돌아왔다.

* * *

'이 정도면 사람들이 구해질 때까지 시간이 걸리겠지.'

아무리 개방, 하오문이라고 할지라도 사람을 구하는 데는 시간이 걸릴 수밖에 없었다.

일반인들이 아니라 특별한 자들을 구하는 것이니 그들이 시간이 걸리는 것도 당연할 수밖에 없지 않은가.

이해 못 할 바가 아니다.

다만 그 시간 동안 가만히 있을 생각은 없는 운현이었다. 사라지는 시간을 무시만 하기에는 너무 아까웠으니까.

해서 운현은 의방에 들어서자마자 총관직을 수행하고 있

는 제갈소화를 찾았다.

"제갈 소저."

"예?"

"의방 주변으로 있는 전답들을 구매하는 건은 끝이 났나요?"

"얼마 전에 마저 다 마쳤습니다. 안 그래도 말씀을 드리려던 참이었지요."

전답을 구매한 이유는 단순했다. 언제가 될지는 모르지만 의방이 확장될 것을 감안하여 구입을 한 터다.

'천 평이 좀 넘게였던가. 대부분이 산이기는 했지만……'

약초를 보관할 곳에서부터 시작하여, 환자가 머무를 곳에, 의방 사람들이 머무를 곳까지 감안하면 꽤 넓은 구역을 필요로 하지 않는가.

이 정도의 규모라고 하더라도 결코 큰 규모는 아니었다.

여기에 운현은 추가적으로 주문을 했다.

"전답을 구매하는 데 걸리는 게 산이라고 했지요?"

"예. 그곳으로 많은 약초꾼들이 약초를 캐러 가시기도 하고…… 여러모로 산은 쓰임이 많으니까요."

이를테면 의방의 뒤로 있는 산은 관에 속해 있는 땅이라는 소리다.

"그래도 구해 주실 수는 있겠지요?"

"……총관으로서가 아닌 제갈가의 여식으로서라면 가능하겠지요."

호북성에서 제갈가의 영향력은 관가 이상이기도 한 터.

적어도 호북에서만큼은 무소불위의 권력이 있는 제갈가이기에 무리는 아니었다. 다만 정당한 대가는 내 주어야 할 터다.

"실례가 되겠지만…… 부탁을 드리겠습니다."

"휴우. 쉬운 일은 아니라는 것을 알고 계시겠지요?"

허나 그녀는 직계에 가까운 여인이라 할지라도, 가주의 완전한 직계라곤 하기 힘들었다. 그녀에게도 쉽기만 한 일은 아닐 거다.

하지만 불가능하지는 않다. 그래서 부탁을 하는 것이다.

"예. 그래도 해야 할 일이니까요."

"해야 할 일이라…… 의방 사람을 지키기 위해서인가요?"

"그런 겁니다."

"어쩔 수 없지요. 후후. 그렇지만 이번만이에요."

"……감사합니다."

사실 그녀가 아니더라도, 산을 구매하는 것이 무리만은 아니었다.

현령이나 호북성 성주, 그도 안 되면 언젠가 때가 되어 황녀라도 보게 되면 부탁을 할 수도 있었을 것이다.

그리 되면 많은 비용을 들이지 않아도 산을 구할 수 있을 터다. 하지만.

'모든 일에는 때가 있으니까.'

지금이 아니면 안 되었다. 모든 일에는 순서가 있듯 사람을 구할 때까지 미리 준비를 해 두어야 했다.

그게 지금이다.

"전답을 구하는 것이 끝나면, 의방을 더욱 확장해야겠습니다."

"얼마까지요?"

"산 중턱까지는 못되더라도, 야트막하니 산을 차지하고 들어가겠지요. 미리 구한 전답들도 포함되고요."

"넓군요. 상당히요."

미리 구한 천 평의 땅. 거기에 산 전체는 아니더라도 야트막한 곳을 차지하면, 어지간한 장원은 뛰어넘는 크기가 될 것이다.

작은 중소문파의 수준도 월등히 뛰어넘는 크기이니 분명 작은 크기는 아니었다.

"제 계획대로라면 그 정도는 필요합니다. 일단은요."

"일단이시라는 말은……."

"다음 단계도 해야 하지 않겠습니까?"

산은 약초꾼의 텃밭이라 할 수 있는 곳이다.

자신이 산을 구하고도 약초를 채취하는 것을 허락한다 하더라도 아무래도 영역이 줄어들 수밖에 없다.

 산에 자신이 필요로 하는 건물을 짓는 만큼 약초가 자생하는 영역은 크게 줄어들 것이 뻔하기 때문이다.

 그러니 그들을 배려하기 위해서라도 해야 할 일이 있다. 또한.

 '나 자신을 위해서기도 하지. 사람을 지키려면 선행되어야 할 일이니까.'

 운현의 생각대로 자신을 위해서다.

 어쩌면 약초꾼을 이용하는 것일지도 모르는 그런 일이지만, 어찌하겠는가. 생각나는 다른 수가 없으니 어쩔 수 없었다.

 그나마 위안을 삼을 것이라면 그가 약초꾼들을 보듬는다는 정도일까.

 약초꾼들에게 잠시 어려움이 있겠지만 결과적으로 서로 이득이 될 수 있게 배려해 줄 생각이었다.

 '그거면 된 거겠지. 합리화일지라도.'

 자신과 함께하는 모두를 지킬 수 있도록. 다시 한 번 한춘석과 같은 일이 생기지 않도록 노력하면 될 뿐이다.

 그 이상은 일개 개인인 자신으로는 무리이니 어쩔 수 없는 터.

"그럼 부탁드리겠습니다."

"예. 꽤나 바빠지겠네요. 임시직이라고만 하고 어째 다른 총관들보다 더 힘든 거 같아요."

"후후. 빚이라고 생각해 두지요."

"기억해 두겠어요."

"제갈가의 빚은 비싸다구요?"

과연 그럴까. 자신의 계획대로라면, 언젠가는 갚을 수 있을 빚이다. 그것이 무엇이 되든 가능할 터.

그거면 되지 않겠는가.

운현의 명에 따라 제갈소화가 산을 구매하러 나섰다. 그와 함께 등산현의 목수들이 동원되어 움직이기 시작했다.

하나의 의방으로서가 아니라, 그 이상의 무언가가 되어 가고 있었다.

* * *

밝게 빛나는 자가 있다면, 그 옆에 있는 자도 함께 빛이 나는 법이다.

그것이 밝게 빛나는 자로부터 전해지는 것이든, 빛나는 자로부터 영향을 받아 직접 빛나게 된 것이든 상관없다.

중요한 것은 서로에게 밝은 의미로 빛을 전한다는 것이

아니겠는가?

운현이 그러했다.

그의 변화, 그가 생각하는 방식, 그가 일하는 방안들을 보고 주변의 사람들이 배우기 시작했다.

특히 국주로서, 아버지로서 운현을 그 누구보다 신뢰하고 있는 이후원이 그러했다.

아버지에게 아들이 배우는 것이 일반적이지만, 때로는 아들에게 아버지가 배움이라는 것을 얻기도 하는 터. 그는 그 이상을 아들에게서 배웠다.

"문사들은 모집하였는가?"

"표국에서 모집을 하는 것이라 얼마 안 되기는 했지만…… 일단은 구했습니다."

총관 이훈언.

몇 년 전에 구한 총관으로 표국의 총관 노릇을 하기에 한 점 부족함이 없는 자였다.

다만 지금에 이르러서는 표국이 성장하기 시작하면서부터 일을 제대로 따라가지 못하고 있었다.

이것은 그의 탓이 아니었다.

그의 능력은 딱 하위 표국의 살림을 꾸리는 정도.

헌데 그가 능력을 기르고 경험을 얻기도 전에 이통표국이 계속해서 커 가고 있으니 일이 벅찬 것도 무리는 아니지 않겠는가?

모든 사람이 천재는 아니듯, 때로는 이런 벽참이라는 것도 있는 법이다.

"무슨 문제가 있는가? 이번에 구한 자들은 다 자네의 밑으로 가는 자들이지 않은가?"

"솔직히 제가 잘 꾸릴 수 있을지를 모르겠습니다."

"허허……."

좋아하기보다는 자신이 잘할 수 있을지를 생각하다니. 비록 능력은 부족할지 몰라도 사람으로서 된 자다.

역시 자신이 사람 보는 눈이 틀리지만은 않았다 생각하는 이후원은 작게 웃어 보였다.

자신의 그릇을 알고, 그 그릇에 맞게 행동할 줄 아는 자는 능력이 있는 자보다도 찾기 힘든 자였다.

그런 자를 찾았다면, 써야 했다. 부족한 능력을 가르쳐서라도 써야 할 자가 분수를 아는 자였다.

"자네는 잘할 수 있을 걸세."

"누가 되는 것은 아닌가 싶습니다."

"괜찮네. 이미 우리에게는 좋은 본보기가 있지 않은가? 그대로 행하면 될 일일세."

"의방을 말씀하시는 겁니까?"

"그래, 의명 의방에서 따온 것이지. 그 아이가 해놓은 방식, 아니 하고 있는 방식을 그대로 가주었으면 하네."

"이해했습니다."

등산현을 넘어, 현 중원에서 가장 체계적인 방식으로 운영되는 곳 중 하나는 바로 운현이 운영하는 의명(意名) 의방일 것이다.

그곳에서는 그 규모만큼이나 많은 서생들을 두고서는 체계적으로 정리 및 운영을 하고 있었다.

환자들의 접수에서부터, 의원이 치료를 하기 위해 써 놓은 처방전을 옮겨 적는 것이 바로 그 시작.

그것을 넘어 창고에 쌓여 있는 물품을 빼곡하니 정리하고 관리하는 것은 물론이다. 의방 사람들의 살림살이도 체계적으로 정리를 하고 있다 전해지고 있었다.

운현이 나중에 의방이 호북성에 퍼질 때에도 감안하여 만든 체계였다.

전생의 경영에 비할 바는 아니지만 지금 시대에서 보기에는 보통을 넘는 체계성이기에 배울 바가 많았다.

'총관으로서 보고 배울 것이 있다면 바로 의명 의방이다. 그리고 운용 면에서도 배울 게 많지.'

이후원은 그것을 하려 하고 있었다.

"그대로…… 아니, 우리 표국에 걸맞게 변화를 시켜 보게나. 새로운 인재들도 충분히 얻어 왔으니."

"……부족하겠지만 한번 해 보겠습니다."

"그래. 그래야만 할 걸세. 자네가 잘해 주어야 우리 표국이 더욱 번창할 테니까."

이후원의 말에 총관이 깊게 고개를 숙여 보인다.

자신의 주인이나 다름없는 자가 된 이후원의 모습에 작게 감탄을 하고 있는 그였다.

이미 번창하고 있는 표국의 주인, 이후원이지 않은가. 적어도 등산현에서만큼은 이후원의 표국이 최고였다.

이대로라면 호북에서도 알아주는 표국이 되는 것은 따놓은 당산일 터.

그럼에도 그는 꾸준히 앞으로 나아가기 위해 준비를 하고 있었다.

뭇 사람들의 입에서는 그의 아들인 신의의 덕으로 성장하고 있다 말해지지만, 총관인 그가 보기에는 아니었다.

중년이 된 지 오래인 자신의 주인은 성장하고 있었다. 지금도.

운현으로부터 밝게 빛나던 빛에 이후원 또한 빛나고 있었다.

* * *

이후원이 밝게 빛이 나던 그 시각.

아직은 낮이던 그 시간에 제갈소화에게 많은 일을 얹혀 놓은 운현은 근래 들어 자주 찾게 된 흑점을 다시 찾고 있었다.

암구호 이후는 자연스러운 만남. 흑점주도 이제는 운현이 익숙해진 것인지 전보다는 나은 신색으로 운현을 대하고 있었다.

"무슨 일로 찾아 오셨는지요?"

"영약을 구하려고 합니다."

"영약이요? 이번에는 전혀 다른 걸 구하시러 왔군요."

무공서, 의서 그도 아니면 영약서를 구하러 왔던 운현이지 않던가. 이런 식으로 영약만을 구하는 것은 처음이나 다름없었다.

"준비된 것이 없는 것입니까?"

"그럴 리가요. 영약만큼이나 잘 나가는 것은 또 없지 않습니까? 어지간하면 다 있습니다. 생각 이상으로 쉽게 구할 수 있는 것이 영약이기도 하고요."

"대단하군요."

"물론 아주 귀한 것이야 시일이 걸릴 겁니다. 이를테면 천년화리라든가…… 그런 건 역시 돈도 돈이지만 시일이 필요하죠."

못 구하는 것은 아닌 것인가? 대단했다.

'괜히 중원 최대 암시장이 아니군……'

자신이 황제만큼 돈을 쌓아 놓고 있다면 어쩌면 그들은 목숨을 다 바쳐서라도 만년화리도 구해줄지도 몰랐다.

"그 정도나 필요하지는 않습니다."

"하핫. 보통 그렇지요. 자아, 어떤 걸 원하십니까? 가격만 쳐 주신다면 얼마든 드릴 수 있습니다."

돈. 오직 돈이라면 자신의 가족마저도 팔아버린다 말하는 흑점주이지 않은가. 그다운 모습이었다.

처음 운현을 속이려 들 때보다는 바른 자세로, 운현이 원하는 것을 말하기를 기다리고 있었다.

운현은 그를 위해서 품에서 준비해 온 전표를 꺼내어 들었다.

"가능한 한 많은 영약. 이 정도 전표로 구할 수 있는 모든 영약을 원합니다."

"허어…… 얼마인 겁니까?"

"금자로 오백 냥입니다."

금자 오백 냥.

보통의 일가족이라면 손도 댈 수 없는 돈. 이 돈이면 이급의 무공으로 칭해지던 운현의 가전 무공을 다섯은 구할 수 있는 돈이다.

사람을 구하고, 전답을 구했으며, 의방을 확장하려는 운현이 쓰고 남은 모든 돈. 어쩌면 가장 끝에 남겨야 할 밑자본이라 할 수 있는 돈이 이 금자 오백 냥이었다.

그것을 운현은 그대로 사용하려 하고 있었다.

"……어디에 쓰실 것인지는 말해 주시지 않으시겠지요?"

"왜 안 되겠습니까. 영약을 노리고 훔치러 올 도둑놈들을 위해서라도 말하는 게 차라리 속 편하겠지요."

"새로운 시각이시로군요."

도둑을 막자고, 어디에 쓸지를 알려 준다니. 재밌지 않은가.

"약이 되는 겁니까? 신의님이시니까요?"

"아니요. 저를 위해 쓸 겁니다."

운현. 쓰고 남은 모든 돈을 사용하여 자신에게 영약을 사용하기로 마음먹다.

그에게 있어 인생 최대의 도박이나 다름없는 짓을 벌이고 있었다.

第八章
미친 짓

그는 전에 그랬다.

무림에 후기지수라고 하는 것들도 사실은 다 약빨에 지원빨이라고.

마교니 구파일방이니 하는 자들의 전통은 그도 인정한다. 하지만 후기지수는 아직 여물지 않은 자들이었다.

자신들의 가문에서 지원해 주는 온갖 영약, 태어날 때부터 주어지는 벌모세수라는 것. 강남의 강사들보다 뛰어날 수 있는 사부들.

거기다 또래들과 같이 나고 자라면서, 비슷한 수준끼리 매일같이 비무를 할 수 있는 경험까지.

뭣하나 부족함이 없이 자라니까 그들이 강한 것이다. 그러니 또래에 비해 앞서가면서 후에 늙어서까지 앞서갈 수 있는 것이고.

그 이전에는 거기서 거기다.

'처음부터 출발선이 다르니까 강한 것뿐이지……'

후기지수라 하는 것들도 무림 전체로 놓고 보면 나이 대에 비해서 좀 나은 수준이지, 결코 강자는 아니다.

실제로 후기지수란 자들이 무림 초행을 하는 것을 보면 알 수 있다.

구파일방이든, 오대세가든 할 것 없이 제대로 된 호위가 없어서는 죽기가 십상이다. 그런 경험으로 호위를 몰래 붙여주곤 하는 것이지 않은가.

당장에 남궁미만 보더라도, 생각 이상으로 많은 이들이 함께하곤 하는 것을 보면 알 수 있다.

제갈소화야 현재의 영역이 제갈가의 영역이나 다름이 없으니 일단 넘어간다.

그런 그들을 이길 방법? 역시 하나밖에 없다. 재능.

"뭐 가끔 천재라는 자들이 있기는 하지만…… 그들은 어디까지나 천재지."

천재가 괜히 천재인가. 천재이니까 천재다.

다른 사람이 백 번을 휘둘러야 알 것을 한 번 쓱 보는 것만으로도 아는 자들이 있지 않은가. 그런 자들은 후기지수라는 놈들을 이겨먹기도 한다.

때때로 있는 영웅호걸이라 할 자들, 가문을 새로 세우는 자들, 일대종사와 같은 자들이 다 천재다.

아쉽게도 운현은.

'두 번 태어났는데 천재는 못 됐지.'

단지 다른 이들보다 삶의 경험이 많고, 다른 세계를 겪었기에 남달라 보이는 것뿐인 자신이다.

아쉽게도 자신은 천재가 아니었다.

"그러니 나 같은 사람은 달리 수를 써야지."

해서 영약을 구입했다. 금자 오백 냥이라는 미친 금액을 쓰고서 오직 영약만을 구입을 한 것이다.

그의 계획대로라면, 천재가 아닌 그에게 새로운 돌파구가 될지도 모를 일을 하기 위해서 벌인 일이다.

'안 되면……'

많은 내공을 가지게 된 것으로 만족을 할 수밖에 없지 않겠는가. 거기까지는 그로서도 어쩔 수 없는 일이다.

"후우…… 준비를 해 볼까?"

영약을 흡수하기 위한 그만의 준비가 시작됐다.

* * *

영약을 흡수한다고 그냥 흡수되는 것이 아니다. 자소단 같은 특제 영약 같은 것이라면 모를까. 보통의 영약은 많은 것을 따져야 한다.

"먼저 기운……."

오행.

이론으로만 알고 있는 이 오행이라 하는 것은 한의술에서부터 시작하여, 무공에 이르기까지 많은 부분을 차지했다.

단순히 오행의 속성만을 아는 것으로는 부족했다.

특히 무공에서는 서로 상생하게 할 줄 알아야 했으며, 다룰 줄도 알기도 해야 하는 것이 무공이었다.

"흐음……."

그나마 그가 사용하는 선천진기는 오행을 전부 포함하고 있다는 것이 다행이랄까?

쌓는 시간이 극악하기는 하지만, 안전함만을 놓고 보면 제일이라 할 수 있는 내공이 바로 선천진기 아닌가.

"그러니 오행은…… 잘만 조절하면 되겠지."

화를 쇠하게 하고, 쇠를 강하게 하고, 목을 강하게 하기도 하면서 오행을 조절하면 될 것이다.

오랜 기간 오행환과 승정환을 만들다 보니 오행을 민감하게 느낄 수 있게 된 것이 이렇게 쓰일 줄이야. 당장 영약을 먹어야 하는 그로서도 예상하지 못한 바였다.

오행의 기운에 맞춰서 약을 정리하고 나면, 그 다음은 자기 자신의 준비가 필요했다.

선천진기를 가지고 있음으로써 내력에 안전성을 갖추고 있다고는 하지만, 어디까지나 몸 안에 안착을 했을 때 안전한 일이다.

방금 막 흡수되는 내공으로는 안전성을 완전히 보장할 수 없다는 거다.

게다가 그가 익히고 있는 선천기공의 경우 내력을 흡수하는 데 있어서는 극악하기까지 하지 않은가.

그러니 준비를 해야 했다. 몸이 내력을 잘 받아들이게 할 준비를 말이다.

"흐으……."

꿀꺽.

그가 미리 조제한 약을 쓰게 삼킨다.

흑점으로부터 구한 영약에 대한 총서, 스승이었던 왕 의원이 남긴 의서와 새로 구한 의서들에 자신의 경험까지 더해 만든 약이다.

"……언제 먹어도 역시나 쓰군."

몸이 내력을 더 잘 흡수하게 하기 위한 약이었다. 좋은 약이 입에도 쓰다고, 어마어마하게 쓰다.

다시 먹기 싫은 맛이다.

효력은 그가 오행환을 흡수해 가면서 미리 봐 두었으니, 문제는 없는 터.

실상 이 정도의 약쯤은 꽤 세월이 쌓인 문파 정도면 쉽게 만들 수 있는 약이었기에 문제가 있으려야 있을 수가 없었다.

맛 빼고.

"젠장…… 이걸 앞으로 얼마나 먹어야 하려나."

약을 구하고 나서 칠 일. 그 기간 내내 하루 세 번도 아닌 다섯 번씩 약을 먹었었다. 약빨을 받게 하기 위해서.

문제는, 이 짓을 더해야 할 듯하다는 것이 문제다.

"일단은…… 준비된 만큼 먹어야지. 후우……."

지금은 그게 중요한 게 아니었다.

쓴 약도 쓴약이지만, 이 정도의 쓴 맛이야 감내를 할 수 있다. 나의 사람만 지킬 수 있다면.

문제는 그 다음이었다.

"후우……."

꿀꺽.

영약. 모든 영약이 다 강한 것은 아니었다. 오행에 따라 기준을 둬서 나눈 영약의 수는 무려 백 알에 가까웠다.

흑점에서 돈에 맞춰서 영약을 달라 말하였기에, 효과가 강하지 않은 것도 돈에 맞춰서 끼어 있었다.

 때로는 어느 사파에서 흘러나온 영약이, 또 때로는 지역의 거부(巨富)가 구매하려 했던 영약이 있었다.

 또 누군가가 개인의 사정에 의해서 팔아넘긴 영약들도 다수다.

 흑점에서 검사를 하였기에 영약으로서 효과가 없지는 않겠지만, 문제는 영약 그 자체를 한 번에 삼킬 수 없다는 거다.

 서로가 서로의 기운을 상쇄하지 못하도록 약효와 오행의 기운에 맞춰서 흡수를 해야 했다.

 그렇게 운현은 자신이 그동안 쌓아온 노하우를 바탕으로 오행에 맞추어 약을 먹기 시작했다.

 오행에 맞춰서 약을 먹어서일까?

 "크아……."

 하나를 삼키자 몸이 타는 듯했다. 화의 기운이다. 기운 그 자체가 과해지니 몸에 일시적으로 무리를 주는 것이다.

 너무 강한 화의 기운. 그 화의 기운을 잡기 위해서 수의 기운을 내포하고 있는 영약을 먹어본다.

 "흐……."

 잠시만 불길을 잡아서일까? 불타오르던 느낌이 싸하게 가라앉는다. 하지만 이것만으로는 안 됐다.

 기운을 죽이자고 약을 먹는 것이 아니지 않는가?

오행환의 성격이 그러했듯, 서로의 기운을 어우러지게 해야 내공으로 만들 수 있는 법이다.

이어서 수의 기운을 그대로 살리고자 목의 기운을 더한다.

"다음은 금······."

뿌리를 내리듯 묵직해지는 기운데 다시 금(金)의 기운을 더한다. 상성이 맞지 않아서일까? 묵직하다 못해 그의 내부를 짓누르려는 듯 기운이 무겁게 가라앉기 시작한다.

"마지막······."

덜덜 떨리는 손을 하고는, 그는 당연히 그래야 한다는 듯 땅(地)의 기운을 가장 강하게 내포하고 있는 영약을 집어삼킨다.

화수목금토.

'큭····· 우습지도 않게 됐네.'

마치 요일과 같이 오행의 기운을 삼켰다. 영약을 집어삼키는 오늘은 이 순서가 맞았다. 그게 약의 기운에 맞는 순서였다.

다음, 이번보다 더 강한 영약을 살펴야 하는 다음에는 다른 순서로 삼켜야 할지도 모른다.

어디까지나 기운에 맞춰서 흡수를 하는 것이기 때문.

'후우····· 약한 기운으로도 이 정도라면····· 마지막 날은 죽을지도 모르겠군.'

운현은 그 생각을 마지막으로 운기행공에 집중해 나아갔다.

의원으로서의 모든 것을 쏟아 약의 기운을 제대로 잡아냈으니 이제는 흡수할 차례였다.

그가 조금씩 침잠해 들어간다.

* * *

황녀 주아민은 근래에 답답한 일만이 그득했다.

동창을 통해서 호북의 일을 수집하는 것까지는 황제께 직접 허락을 받은 그녀였다.

그녀가 호북에서 겪은 바가 있으니 비록 황제 직속의 조직인 동창이지만, 정보를 열람하는 것까지는 허락해 줄 수 있었던 것이다. 황제도 같이 정보를 받겠지만, 그 정도야 당연한 이야기이니 상관이 없는 터다.

문제는 그 뒤.

무당파에 다시 기원을 드리러 간다는 그녀의 말에도 황제는 묵묵부답이었다.

무언가를 염려하고 있는 것인지 그녀를 그곳으로 보내는 것에 황제는 쉬이 허락을 해 주지 않고 있었다.

오죽하면 황자와 황녀를 통틀어 가장 총애한다는 황녀 주아민의 알현을 허락지 않았을 정도였다.

호북에 가지 말라는 명백한 뜻이나 다름없었다.

"드디어 허락해 주셨습니다."

"길었군. 후후. 아무리 나라고 해도 받아 주시지를 않으니……."

하지만 시간이 지나면 역시 정성이 닿을 수 있었던 것일까? 아니면 주아민이 신경 쓰고 있는 신의에 대해서 한 점의 희망을 걸고 있는 것일까. 근래에 황후의 차도가 나이지지 않은 점을 생각해서인지, 동창 출신이자 황녀의 호위 무사인 영철을 통해서 황제가 뜻을 전해왔다.

"세상 가장 높으신 자리에 있는 분이시지 않습니까. 많은 부분을 신경 쓰셔야 하겠지요."

"그렇겠지. 후우…… 어머니는 어떠하신가?"

"신의들이 말하기로 차도가 나아지지는 않고 있지만…… 더 나빠지지도 않고 있다고 합니다."

나빠지지도 좋아지지도 않는다. 하지만 시름시름 앓는다.

더 나빠지지 않는 것이 다행이기는 하지만, 나아지지 않는다는 점이 역시 딸인 그녀로서는 좋지 못했다.

"……여전하구나."

"황의들로서도 최선을 다하고 있습니다. 그러니 버티실 수 있으신 거겠지요."

"그래."

세상 최고의 의원들이라는 황의들이다. 호기신의보다도 낫다 칭해지는 의원들이 수두룩하니 황의로 있었다.

그럼에도 그들이 나서서 치료를 하지 못하고 있었다.

처음에는 독인가 생각하였으나, 그것은 아닌 듯도 한 상황. 황의들로서도 갈피를 못 잡은 채 지금 상태를 유지하는 것이 최선이었다. 원인도 정체도 모르는 병.

그러니 황녀가 부덕함 때문에 걸린 병이라 생각하는 것도 무리가 아닐지도 몰랐다.

그래서 자연스레 호북에 집착하는 걸지도 몰랐다.

병이 부덕함 때문이라면, 부덕한 일이 연이어 일어나고 있는 호북을 잠재움으로써 황후를 치료할 수 있을지도 모른다는 헛된 희망을 가진 걸지도.

"후후. 그럼 슬슬 움직이도록 하자꾸나. 이번에 신의가 또 새로운 것을 만들어 내었다고?"

"냉장고라고 말한다고 하더군요. 한빙고 같은 효과를 낸답니다."

또 신기한 것을 만들었단다. 망원경에 이어서 만든 그것은 또 어떤 원리를 사용한 것일까?

황궁에 있는 자를 시켜, 망원경을 분해케 하고 더욱 좋은 것을 얻어 내었지만 여전히 그가 하는 것은 궁금했다.

"재밌구나. 흐음…… 그것이 있으면 도움이 되겠느냐? 이를테면 신의가 사용하는 방식처럼 보관이라도 하지 않겠느냐?"

"……황실에는 이미 한빙석이 여럿 있지 않사옵니까. 다를 게 없을 것입니다."

"역시 그러한가."

아쉽게도 한빙석과 같은 효과이니, 도움이 되지는 않을 듯했다. 이미 황실에 한빙석 정도는 차고 넘쳤다.

'그래도 그러면…….'

뭐든 다 있음에도 어머니를 치료치 못 하는 황실과는 다르게, 왠지 모르게 그에게는 작은 희망이 들었다.

언제고 그가 정말 거창한 별호와 같이 신의라도 되어준다면, 자신의 어머니를 치료할 수 있지 않을까?

그렇기에 그에게 작은 집착과 관심을 가지게 되는 것 일지도 몰랐다.

"허락을 해 주셨다니, 채비를 하자꾸나. 새로운 것도 보도록 하고."

"성도로 갈 수 있도록 채비를 하겠습니다."

"아니다. 안 그래도 다른 이야기도 있지 않더냐. 이번에는 직접 그곳을 찾아가는 것이 좋겠지. 후후."

허락이 떨어졌다 해도 멀리 북경에서 그가 있는 호북으로

가려면 많은 시간을 필요로 할 것이다.

황녀가 움직인다는 것은 단순히 개인이 움직이는 것과는 다른 이야기니, 당연한 이야기다.

어쩌면 계절이 지나서야 도착을 할 수도 있겠지. 그런 것은 상관없다. 그를 보면 그것으로 족할 테니까.

내내 근심에 어려 있던 황녀가 오랜만에 설렘 가득한 표정을 짓고 있었다.

* * *

목수 한씨는 운현의 의명 의방의 열렬한 추종자 중에 하나였다. 그의 딸아이가 열병에 도졌을 때 치료를 해 준 자가 운현이었으니 당연한 이야기였다.

그가 평소 싸게 치료를 해주지 않았더라면 느지막이 얻은 어여쁜 딸아이를 잃었을지도 모를 일이다.

그런 그가 운현이 하는 의방의 공사에는 하루도 빠지지 않으려고 든 것은 결코 우연이 아니었다.

그런 한씨로서도 지금 자신이 짓고 있는 건물에 대한 의문은 어쩔 수 없이 들었다.

"음…… 이건 무슨 숙소 같은데."

"숙소지 그럼 아니겠는가? 의방이 이리 커지는데 이런 숙소도 당연하겠지."

"흐음…… 그런가. 그런데 의방에 이렇게 많이 사람이 필요할까?"

지금 만들고 있는 숙소는 의방의 사람들이 다 들어와도 그 몇 배가 더 되는 수가 더 생활할 수 있는 곳 같았다.

한 방에 침상만 세 개다.

침상을 포개듯이 넣기는 했지만 이 정도면 바닥에서까지 생활할 경우 네 명도 생활할 수 있는 곳이었다.

그런 방이 빠짐없이 이백 개.

오직 잠만을 위한 곳이기는 하였지만, 육백은 되는 수가 생활할 수 있는 어마어마한 크기의 숙소지 않은가.

'이런 걸 언제 지었더라…….'

분명 자신은 이런 것을 지었던 적이 있었다. 그래. 얼마 전 문운파에서 새로 숙소를 지을 때에 이런 건물을 지었었다.

그때도 꽤 크다고 생각을 했지만, 지금 만드는 숙소의 반 정도밖에 되지 않는 크기였다. 들기로 이통표국으로부터 받은 지원금으로 크게 건물을 지었다 들었다.

지금도 지원금이 크게 들어오고 있어 성세를 자랑하기 시작하는 문파가 문운파기도 했다.

'그런데 그 두 배라니…….'

대체 신의는 무엇을 하고 싶은 것일까?

숙소에 이어서 그와 비슷한 정도의 숙소가 또 이어서 지어질 예정이지 않은가.

거기서 끝이 아니다. 그 뒤 지어질 곳은 커다란 주방을 포함한 것으로 보아 아마 식사를 책임지는 곳이 될 거다.

거기에 크게 만들어지고 있는 공터까지.

당장에 무엇으로 채워질지는 모르지만, 목수로 뼈가 굵은 그로서는 이와 닮은 곳을 어렵지 않게 짐작할 수 있었다.

'……아무리 봐도 문파와 비슷한 형식인데?'

그런 의문감이 그의 머리를 가득 채우고 있었다.

의원에서 문파를 만들려고 한다? 아무래도 이어지지 않는 이야기였다.

게다가 문의문에 이어서 저 위에서는 형의문이 성세를 자랑하고 있고, 괜찮은 무사다 싶으면 이통표국에 들어가 있지 않은가. 아무리 신의가 무사를 모집한다고 하더라도 몇이나 올 수 있겠는가.

사람이 없다. 그러니 목수 한씨가 보기에는 문파 같은 것은 등산현에서는 아무래도 무리였다.

'누구로 채울까?'

그의 궁금증은 금세 잦아들었다. 그 답을 이곳의 총관으로서 잔뼈가 굵어가고 있는 제갈소화가 채워 주었기 때문이다.

"이제부터 이곳이 너희들이 머무를 곳이야."

"여기요? 정말요?"

"그래."

"그럼 밥을 굶지 않아도 되는 것이에요?"

"맞아. 똑똑하구나."

"헤에……."

그녀는 어린 아이들을 데려왔다. 그녀의 허리 반만큼 오는 아이부터, 허리가 넘어서는 거의 성년이 될 법한 아이까지.

각양각색의 아이들을 데리고 온 것이다.

"어어…… 저 아이들은……."

"고아들이군."

뚝방의 개방거지들을 따라다니는, 산적들이 들끓었을 때 부모를 잃고 이곳까지 흘러들어 오게 된 고아들이다.

이대로 나고 자란다면 파락호가 되거나, 빈민이 되었을 아이들이었다. 그 아이들 전부가 신의가 만든 숙소를 채웠다.

대체 신의는 무슨 일을 벌이기 위해서 이런 짓을 하고 있는 것일까?

그 답을 내어줄 신의 운현은 무언가를 이루기 위해서인지 한 달도 더 넘게 두문불출하고 있는 상태였다.

'또 새로운 궁금증이구만. 허허.'

목수 한씨가 머릿속을 가득 궁금증으로 채웠다.

第九章
억지 깨달음

그야말로 돈 지랄.

운현이 지난 두 달 동안 해 온 일을 표현하자면 돈 지랄이라는 단어 외에는 어울리는 말이 없을 것이다.

금자 오백 냥이라는 돈은 한 사람에게 쓰일 돈은 결코 아니었다.

물론 운현으로서도 자신이 있었다.

'그 이상 본전을 뽑아낼 자신이 있으니까…… 벌인 일이긴 한데.'

지금까지 자신이 해 온 기에 관한 연구. 황녀가 뒤늦게서야 보낸 기에 관하여 적혀 있던 서적.

무공에 대한 그동안의 배움과 의원으로서 인체에 대해서 공부하여 얻은 것들을 전부 종합하여 한 돈 지랄이 지금의 돈 지랄이다.

그 정도의 자신이 없었더라면 하지 않았을 것이다.

금자 오백 냥이면 이급의 무공을 최고급으로 다섯은 살 수 있으며, 일급이라고 할지라도 하나 정도는 살 수 있을 돈이었으니까.

자신이 없었더라면 무공을 사서 연구를 하고 익히도록 했을 것이다. 반쯤은 도박이었고, 반쯤은 자신에 차서 해낸 일.

그래도 성공했다.

"후우……."

운현이 정신을 다스리고는 자신의 손에 집중을 한다. 넘쳐나기 시작한 기를 이용해서 강화된 기감으로 자신의 손 그 자체를 느낀다.

고오—

구십 년 내공이 그의 의지를 따르려는 듯 고고하게 주변을 제압하기 시작한다.

본래 가지고 있던 오십 년 정도의 내공에서 더해진 사십 년의 내공이 이번 일의 성과다.

'일차적 성과지.'

황녀가 보낸 기에 관한 서적대로라면, 인간이 별다른 깨달음 없이 가질 수 있는 최고의 내공 총량은 이 갑자다.

즉, 백이십 년이다.

이는 다른 사람도 아닌 황자들 중 여럿을 통해서 얻은 성과이자 결과였다.

이따금씩 등장하곤 하는 무에 관해 재능보다는 흥미를 가진 황자들. 그들이 내공을 어디서 얻겠는가?

영약이다. 황궁 보고에 매년 공물로 들어오는 영약이 얼마나 많겠는가.

금자 오백 냥 따위는 그들에게 돈도 아니니 영약이라고 해서 없을 리가 없었다. 그것을 그들은 이용했다.

자신들의 빈곤하기만 한 단전을 가득 채울 수 있을 정도로 영약을 먹어대곤 했다.

영약에 대한 부작용? 걱정이 될 리가!

황궁에 고수가 넘치고, 신의라 불릴 만한 황의가 넘치는데 그 정도의 실수가 있겠는가. 운현보다 제대로 먹었을 거다.

그 성과로 몇몇의 황자들은 내공을 꽉꽉 우겨 넣기는 했다.

개개인마다 차이가 좀 있지만 이 갑자를 한계로 채워 넣었던 그들인 것이다. 아주 꽉꽉.

그러니 한 사람이 깨달음 없이, 최대한 채워 넣을 수 있는 내력이 이 갑자라는 건 여러모로 증명된 성과다.

'그러자면…… 대체 얼마나 써야 하는 거려나.'

운현이 본래 가지고 있던 내력은 오십 년. 그 뒤로 황금 오백 냥으로 사십 년의 내공을 얻었다. 거의 두 배.

그게 그의 성과다.

이 성과만으로도 대단해 보이는가? 거의 백 년에 다다른 내공을 가졌으니 어마어마해 보이는가?

그럴 리가!

구십 년의 내력을 가졌다고 해서 무적은 아니다. 내력이 전부가 아닌 것이다.

그의 초식 응용력은 여전했고, 깨달음은 일절 없다. 여전히 절정이라고 할 수 없는 경지에 있는 것이다.

잘 따져줘 봐야, 미칠 듯한 내력 덕분에 일류와 절정 사이다.

이렇게 보니 굉장히 성과가 없어 보이지 않은가?

'내력이란 것이 영약을 먹는다고 늘어나는 것이 아니니까…….'

내력을 늘리려면 내력을 받아들일 만한 단전도 동시에 만들어야 한다. 내공을 받아들일 단전의 용량을 늘려야 한다는 소리다.

즉, 내공심법이란 건 내력을 늘려만 주는 것이 아니라 단전을 내공심법에 맞는 성질로 단련하고 바꾸어 주는 효능이 있는 것이다.

그 때문에 이종의 진기를 받아들이면 단전이 이를 받아들이지 못하고 폭주를 하는 것이고!

덕분에 오백 냥이라는 돈을 끌어다 써서 사십 년 내공을 더 받아들일 수 있도록 단전을 강화하는 데 삼분지 이 정도의 영약이 들어갔다.

다시 남은 삼분지 일이 그의 내력으로 환원이 됐을 뿐이다.

그러니 어찌 보면 어마어마한 돈을 들이고 고작해야 사십 년을 얻은 것이 되는 것이다.

아마 모르긴 몰라도, 표국의 표사들에게 영약을 하나씩 나눠줘서 내력을 얻도록 했다면 지금 운현이 얻은 것의 몇 배 이상의 내력들을 가졌을 것이다.

여러 개는 몰라도 하나씩의 영약을 흡수하는 것이야 워낙에 쉬운 일이니 위험하지도 않았을 것이고.

'앞으로는 내력이 쉽게 늘지도 않겠지.'

거기다 단점도 있었다. 내력이 쉽게 오른 만큼, 그 반작용도 생겼다.

영약을 이용하여 억지로 단전을 강화하게 되면, 자신의 단전 안의 내력을 온연하게 사용하기 힘든 경우가 많았다.

이종 진기만큼은 아니지만 자신의 내력에 대한 통제력이 조금이나마 떨어지게 되는 것이다.

그게 반작용이다.

안 그래도 운용하기가 까다로운 선천진기이니 아마 운현으로서도 진기를 다스리기 위해 많은 시간을 할애해야 할 것이 분명했다.

'확실히 효율성이라는 점만 생각하면……'

이번에 운현이 벌인 일은 아까운 일이다. 아까운 건 아까운 거다. 그러니 미친 짓이고.

그래도 첫째로 얻은 구십 년이라는 내공 덕분에 내공을 빵빵하게 지원 받은 후기지수들이나 하는 미친 짓을 할 수 있다.

무림에서도 선택받은 몇, 재능이 없으면서도 가문이라도 좋은 자들이 할 수 있는 미친 짓을 할 수 있게 된 것이다!

이것이 바로 미친 짓의 결과!

"집중하자. 흐읍!"

자신의 감각을 집중하고 있던 운현의 손이 벌겋게 달아오르기 시작한다. 타버리기라도 하는 것일까? 그럴 리가!

구십 년이라는 내공이 그의 손에 집중되어 나타나는 현상이다.

고오오—

달아오르듯 모든 것이 그의 손에만 집중이 되면!

미친 짓의 효과로 무식하리만치 많은 내공이 한 곳에 몰리게 되면! 아주 조금의 진기에 대한 이해가 마지막으로 첨가되면?

—————————쯔악—

억지로이지만.

"크으……."

수기라는 것이 만들어진다.

검기와는 또 다른 의미로 무림에서 절정과 일류의 고하를 나누는 상징인 수기가 억지스러운 방법으로나마 만들어지는 것이다.

"후우…… 후우……."

깨달음 없이도 수기를 사용하다니! 굉장해 보이지 않는가? 하지만 이건 어디까지나 억. 지. 로 만든 거다.

일각도 아니, 반각도 채 되지 못해 운현은 수기를 어쩔 수 없이 거두고는 주저앉았다.

"……미친. 구십 년 내공이 다 무슨 소용이야."

수기를 유지한 채로 반각도 거의 버티지 못하다니. 그야말로 미친 수준의 내공 소모였다.

구십 년 내공으로 팔 분을 넘기지 못했으니, 분당 내공을

십 년 이상 쓰는 셈이다.

말도 안 되는 소모도!

깨달음을 얻은 절정의 고수였다면 결코 이런 소모도를 보이지 않았을 것이다.

당장 절정의 초입에 들었던, 고 표두만 하더라도 이것보다 쉽게 검기를 쓰지 않았던가. 그는 집중을 했을지언정 지금처럼 쥐어 짜내지는 않았다.

게다가 그의 내공은 잘해야 사십 년 안팎이었다. 중년에 이르러 내공 사십 년 안팎은 약간 낮은 편에 속하는 정도.

그럼에도 그는 일각 이상 검기를 유지할 줄을 알았다.

절정이 된 지 몇 년이 지난 지금에 이르러서는 필요에 따라 검기를 거두고 사용하고를 할 수 있을 정도!

깨달음으로 말미암아 얻은 검기와 억지로 사용하는 수기의 효율성 차이라는 것은 그 정도의 차이가 있는 것이다!

"분당 십이 년…… 아니 십삼 년 정도인가? 그 사이겠군. 실전에서는 쓸모도 없겠어. 잘해야 구명절초가 되려나?"

그야말로 미친 짓 뒤에 이어진 미친 소모도다. 하지만 이것으로도 당장은 충분했다. 모든 것이 그가 최근에 정립한 이론대로였다.

"그래도 됐다. 일단 만들었으면 되었어."

억지로 기를 뽑아내던 그 느낌. 온몸에 기가 빨려나갈 듯이 소모가 되던 기. 손 하나에 집중되어 움직이던 기의 느낌.

그것만 잘 기억하면 되었다.

"기라는 건 결국 몸으로 사용하는 것."

그리고 깨달음이라는 건 고찰과 궁리만이 아니라 경험으로도 나온 것이 아니었던가. 그러니 운현은 경험이라는 것에 가능성을 걸었다.

산에 한번 올라가 본 자가 산을 못 타본 자보다는 잘 타지 않겠는가?

백문이 불여일견이라고, 듣기만 하는 것보다는 보는 것이 낫듯이. 보는 것보다는 경험하는 것이 더 낫지 않겠는가?

그것을 이용하기로 한 것이다.

* * *

이론을 세웠다. 기를 연구하고 앞으로도 연구해 나갈 그였기에 끊임없이 세운 이론 중에 하나다.

'후기지수들이 쉽게 절정에 들곤 하는 것은 좋은 스승도 있지만 내력의 덕분도 있을 것이다.'

내력 무적은 못 되어도, 내력의 유용성은 그 누구나 아는 이야기이지 않은가. 모든 무공을 사용함에는 내공도 함께 사용이 되니 내공의 유용성은 두말할 필요가 없을 정도다.

때로 내공이라 하는 것은 무인을 초인으로 만들어 주며, 동시에 무공의 수준을 높여 주기도 하는 것이니.

운현은 내공의 그 성격을 제대로 쓰기로 마음먹었다.

"흐읍……."

고오—

기를 끌어올린다. 전에 없이 많은 기들을 끌어 모으는 운현이다.

쯔악—

그리고 억지로 대기를 찢듯 기를 뿜어 만들어 낸 수기(手氣)를 생성해 낸다.

아주 순식간에 해낸 일. 전보다는 조금이지만 수월해 보이는 모습이었다. 그래 봐야 오십 보 백보 차이였다.

이 분이 지나서는 땀을 뻘뻘 흘리기 시작하는 운현이다.

그러고는 채 반각을 겨우 채우고서는 다시 모든 내기를 소모한 듯 주저앉았다. 여전히 소모도는 압도적이었다.

"후우…… 이 느낌인가? 아닌가?"

하지만 그는 내력을 소모했다는 것에 대한 어두운 표정보다는 되려, 무언가를 궁리하고자 하는 집중하는 표정을 짓고 있었다.

"묘한데……."

그는 자신이 수기를 유지할 때 느꼈던 그 느낌을 궁리하고 있었다.

그 말 그대로 묘하기만 한 기운.

기를 매개로 대기의 기와 자신이 하나가 되던 그 묘한 기분을 음미하고, 동시에 궁리하고 있었던 것이다.

"처음보다는 분명 유지 시간이 길어졌다."

검상이 아직 있음에도 천천히 작업을 시작한 한춘석으로부터 얻은 모래시계로 시간을 가늠하는 운현이었다.

반각이 되지 못하던 처음. 이제는 반각은 되는 유지 시간.

그 차이는 비록 일분이 채 되지 않는 시간이지만 운현에게 희망을 주었다. 자신의 생각이 맞다는 희망을.

모든 기를 소모할 때까지 수기를 운용한다. 기를 전부 소모하게 되면 다시금 운기행공을 시작한다.

억지 수기의 생성과 운기행공.

의방의 의원들이 손도 대지 못할 응급한 환자들이 왔을 때를 제외하고는 운현은 오직 이 두 가지를 반복하고 있었다.

그것으로 소모한 시간만 하더라도 벌써 한 달. 이제는 반각을 좀 넘는 정도로 수기를 운용할 수 있게 된 운현이다.

"흐음…… 반복하다 보니 기의 통제력이 오른 건가? 그도 아니면……."

묘한 느낌이 자신을 사로잡는 것에 순응했기에 얻은 성과일까?

아직은 모른다. 이런 식으로 수련을 하는 자도 없었을 것이므로 누군가에게 얻을 것도 없는 것이다.

오로지 자신 홀로 이론을 적립하고, 그 이론에 맞춰 직접 실험을 해 볼 뿐이었다.

"전보다 분명 수기의 유지시간이 올라가고 있다."

하지만 유지가 답일까? 수기를 유지하는 것이 가장 좋은 답일까?

그럴 리가. 처음에 수련용으로는 수기를 유지하는 것만이 맞는 답이라 생각했던 운현이다.

하지만 가만 생각해 보니 수기를 운용하고 버티는 것만이 능사는 아니었고, 수련에 바른 방향이라고만 말하기는 힘들었다.

"결국 반복이 낫겠지."

처음 자신이 영약을 미친 듯이 흡수하고 내력을 올렸던 이유. 그것은 억지로나마 기를 끌어 올리고, 깨달음 없이 수기를 사용하고자 함이 아닌가.

끊임없이 수기를 운용해봄으로써, 경험을 쌓아 깨달음을 얻고자 했었으니까!

'억지로 깨닫는 거지…… 크으.'

반복 학습.

전생에 의사가 되기 이전까지, 아니 의사가 되고 나서도 미친 듯이 했던 공부에서도 죽어라 반복을 하지 않았던가.

그 짓을 지금 자신의 손으로 하고 있는 것이다. 억지로!

"후우…… 다시 해보자. 반복으로."

그가 수기의 유지에서 반복으로 수련법을 바꾸었다.

*　　*　　*

얼마나 시일이 흐른 것일까?

언제부터인가 자신에게 오던 응급 환자가 줄어든 이후로 오직 수련만 해 온 자신이었지 않은가.

의방에 많은 사람들이 찾아 들기 시작했고, 등산현에 있던 고아들이 의방에 자리를 잡아 생활에 슬슬 적응을 하기 시작했다는 보고를 들었던 것도 꽤 오래된 일인 듯한 느낌이다.

'……모두 내가 만든 일들…….'

그리고 자신이 해결하고, 이끌어 가야 할 일들이기도 했다. 마치 숙제처럼.

하지만 그러한 숙제들이 지금의 운현에게는 어떤 의미도 없었다. 지금 그에게 있어 가장 중요한 것은.

'기(氣).'

그리고 무공.

매일같이 피해 오기만 했던, 고 표두가 억지로 시켜서야만 했던 그 무공이라는 것이 자신을 온연히 사로잡고 있었다.

과거의 그의 모습이 그를 감싸고 지나간다.

"기란 결국 몸을 강성하게 하는 것인가?"

지금까지 해 온 기에 관한 연구.

"백번 더 입니다!"

"하압. 하낫! 둘!"

부족하지만 오래 해 왔던 초식에 대한 수련. 아주 어릴 때부터 이어지던 그 순간들. 휘두름들.

바람을 가르던 장면들.

그리고.

"결국 의학이라고 하는 것은……."

"지난 수술 있잖아?"

"감사합니다, 의사님!"

전생에 쌓아 왔던 인체에 관한 이해. 그리고.

"……명의가 되거라."

마지막 유언을 남기던 스승의 가르침이었던 또 다른 의학. 의원으로서의 삶.

그 모든 것들이 운현을 관통하고 지나간다.

아주 오랜 과거가, 바로 직전이, 현재가, 그리고 잠시 있을 미래가 모두 그려진다.

"아아……"

억지인가? 아니. 이것은 탈각이다. 자신의 틀을 깨는 일이다.

'금기로 생각했던 것인가?'

그리고 자신에 대한 이해였다.

숨겨져 있던 자신의 비틀린 생각, 무의식을 깨닫는 의식이었다.

현대의 의학을 배웠음으로 인해서, 새로이 배운 의학이라는 것을 알게 모르게 천시하였던 마음.

기에 관해 연구를 한다고 하면서도 동시에 기의 존재에 대해서 제대로 믿지 아니하였던 그 마음.

아무것도 모름에도, 자신이 모든 것을 안다는 듯 행동하던. 자신은 다른 이들과 다르다고 알게 모르게 여겼던 그 비틀림.

 인정하고 싶지는 않지만, 잠시라도 환자에게 가졌던 귀찮음.

 자신의 사람을 공격하는 자, 자신을 귀찮게 하는 자, 그런 자들에게 가졌던 악의.

 그 모든 것들이 자신으로부터 나왔고, 또한 자신으로부터 사라졌다.

 '……깨달음이란 결국 이런 거였나.'

 그제야 알았다. 깨달음에 대해서.

 의식과 무의식의 일체. 자신이 애써 감춰 왔던 의식의 흐름들. 피하려 했던 그 어떤 감정들의 일체화.

 그것을 이룸으로써 사람은 사람으로서 자신을 더욱 잘 다스리게 되는 것이다.

 또한 그럼으로써 자신의 의지를 따르는 기라는 것을 더욱 잘 다스릴 수 있게 되는 것이고.

 그게 운현이 얻은 깨달음이었다.

 '어쩌면…….'

 자신이 얻은 깨달음이라는 건, 중원의 다른 무림인들과는 전혀 다른 방식의 깨달음이 아니었다.

 이것은 온연히 무인으로서의 깨달음이라고 하기에는 뭔가 다르다는 것을 직감했다.

이유? 아직은 모른다. 다만 그런 직감이 그의 뇌리를 울리고 있을 뿐이었다. 그 어떤 직감이었다.

다른 이들과는 전혀 다른 길일지도 몰랐다.

지식, 기억, 전생, 의학, 약학, 의술, 관념, 지혜, 기, 운용, 그 모든 어떤 것들이 모두 점철되고 잠시지만 하나가 되어 얻은 것이.

"깨달음……."

이 세상에 처음 태어나 얻은 깨달음이라는 것이었다.

고오오—

"이런 건가……."

어렵게만 만들어졌던 수기가 운현의 손에 자연스럽게 나타난다. 한 치가 좀 넘는 길이다.

하지만 운현은 안다. 자신이 원한다면 이것보다 훨씬 길게도 수기를 뽑아낼 수 있다는 것을.

고 표두가 처음 사용했던 검기와는 또 다르게, 아니 어쩌면 더 효율적이기도 한 묘한 색을 흩뿌리는 수기였다.

오행의 기, 아니 그 이상의 생명을 내포한다 할 수 있는 선천진기로 만들어진 수기를 자신이 만들어냈다.

"후우…… 엄청난 짓을 해 버린지도."

무학에 처음 깨달음을 얻었다. 인생을 관통하는 깨달음을 얻었다. 그리고…….

'욕심…… 그래.'

욕심이 생겨버렸다.

자신이 지금껏 살아 왔던 모든 것을 관통하려는 듯한 이 무공이라는 것에 대한 욕심이.

그리고 또한 이보다 더욱 강한 힘을 가지게 되면, 더 많은 사람을 지킬 수 있을 거라는 욕심이 생겼다.

그리고 더욱 깊어졌다.

자신의 추악했던 모습, 악의를 가진 모습들을 인정하고, 다시금 그것을 저 멀리로 버림으로써 그의 모든 것이 더욱 깊어졌다.

한 사람의 개체로서, 성장한 것이다.

"좋군. 억지였지만…… 좋아."

더 나아가자. 나만이 아니라 모두가.

第十章
이끌어 가다

 운현이 깨달음을 얻기 위하여 단계별로 밟아가던 그 시간 동안 다른 이들에게도 공평하게 시간이 흘러갔다.

 그 사이 많은 일들이 오고 갔으며, 또 누군가에게는 새로운 각오를 다지는 시간이 되었다.

 등산현에 있어야 할 하연화는 성도에 부름을 받아서 등산현을 떠나 멀리 성도 무한에까지 급히 이르렀다.

 멀지 않은 거리라고 하더라도 꽤 지칠 법도 하건만, 그녀는 자신이 무엇을 해야 할지를 알았기에 마음을 더욱 굳건히 하였다.

"그가 무력을 가지게 되면 충돌이 커질 수도 있다."

"그렇다고 하더라도 의뢰는 의뢰 아닌가요? 저희는 의뢰를 받으면 수행을 해야 하구요."

운현에게 알게 모르게 도움을 주던 하오문의 경우에는 작은 내부 소음이 발생했다. 그녀가 의뢰 이상의 일을 하려는 것 때문이리라.

지금까지야 그것이 통용이 되기는 했다.

하오문이 그에게 많은 도움을 준 것은 그가 어디까지나 신의이기 때문, 하지만 그가 신의로서가 아닌 무인으로서 사람을 모은다면?

이야기가 조금 다르게 된다.

신의로서의 그에게는 온연히 도움을 주는 것이 가능했다. 신의는 의원에 가까운 것이니까.

하지만 그가 무인이라면? 하오문에서 무조건적인 호의를 베풀기만은 어려웠다.

'천형······.'

그것은 하오문이기에 그러했다. 정보를 다루면서도, 동시에 강한 힘을 가지지 못한 그들은 줄다리기를 해야 했다.

말이 좋아 중립.

사파도 정파도 아닌 하오문으로서는 사파와 정파 전부를 동시에 신경을 써야 하는 처지였다.

그렇다고 정파나 사파 하나를 선택하고 들어갈 수도 없는 그들이었으니, 이는 어쩔 수 없는 선택인 셈.

그들은 살기 위해서라도, 어떤 희생을 치르고서라도 중립이라는 자리를 지켜 왔다.

사파 혹은 정파에 들라 하는 자들의 손을 뿌리치다 보니 많은 자들이 죽기도 하였고, 그 사이에 희생자들도 많았지만 그들은 그렇게 감내하고 살아 왔다.

그러니 운현이 신의로서가 아닌 무인으로서 나서게 되면 그들이 도와주고 싶어도 도와줄 수 없게 된다.

하오문은, 중립이어야 하니까.

하지만 이것에 정면으로 반기를 든 자가 있었으니, 그녀가 바로 하연화다.

"다른 이라면 모르겠습니다. 하지만 그는 우리를 치료해주는 자입니다."

"의뢰의 대가였지 않은가?"

"처음에는 그랬지요. 하지만 지금에 와서는 아시지 않습니까? 그 이상을 해주고 있다는 것을요."

운현에게 의뢰의 대가로 받았던 것. 치료.

어쩔 수 없는 사정은 이해하려고도 하지 않은 채로, 몸을 판다는 그 행위 자체로 추악함을 재단하고는 치료를 해 주지 않는 의원들이 부지기수다.

하지만 운현은?

의뢰가 끝이 나고도 지금도 지속적으로 치료를 해 주고 있었다.

그가 오지 못하면 하오문이 구해 준 의방 의원들이라도 치료를 하고 있었다. 의뢰가 끝이 나고서도 지속되는 치료였다.

그러한 치료는 단순히 의뢰금 때문에 해주는 일이라고 볼 수 없었다. 의원으로서의 치료다. 진정한 의원으로서의 치료.

"인정하지 않나요? 아무런 이득이 없어도 하고 있는 그들입니다."

"그래도……."

"게다가 그들은 갈 곳 없는 아이들 또한 받아주었습니다."

고아. 그는 고아를 받아 주었다.

하오문 출신 중에는 고아가 많다. 부모를 잃고 떠돌아다니는 아이들이 뭐가 되겠는가?

무공에 재능이 출중한 아이는 개방의 부름을 받아 개방도가 되고는 한다. 그나마 고아로 출세하는 일이다.

개방도로도 못 되면? 비루한 삶을 이어가다가, 파락호가 되고는 한다.

그런 파락호들 중에서 소매치기를 하는 자가 생기고, 투전판을 들락거리는 도박꾼이 생기기도 한다.

여아라면 나이를 먹어 자연스럽게 홍루에 들어가게 된다.

아주 삼류의 홍루에 그런 아이들이 온다.

그런 아이들이 모여서 만든 곳이 하오문이지 않은가.

"그는 기회라는 것을 만들었습니다."

"그래 봐야 작은 수이네. 작은 현에 머무르는 작은 시도일 따름이지. 그런 시도는 아주 없지 않았어."

세상에서 버림받은 자들. 어쩔 수 없이 흘러들어올 수밖에 없는 자들. 그들이 하오문도가 된다.

천형이다. 되고 싶어서 되는 것이 아니다. 그럼에도 될 수밖에 없다. 그 누구도 손을 내밀어 주지 않으니까.

아주 운이 좋은 자들을 제외하고는 대부분이 그렇게 하오문도가 되고, 파락호가 되며, 잘해야 사파 고수가 된다.

"예. 작은 수죠. 하지만 그게 시작일 뿐이라는 건 이미 알고 있겠지요? 그입니다. 어린 나이에 신의가 된 그. 어쩌면 절정. 그 이상이 될지도 모를 그가 벌인 일입니다."

"크흠…… 그래 봐야 개인의 일이야. 개인."

"그만큼은 다릅니다. 그러니 예외를 두자는 겁니다. 단 하나의 예외인 거지요."

"그 단 하나의 예외가 하오문을 멸문하게 할 수 있음을 알지 않은가?"

하나의 예외. 말은 좋다.

하지만 하오문은 중립을 지켜 왔기에 살아남을 수 있다.

하지만 예외를 두게 되면 그것은 중립이 아니지 않은가.

그러니 하연화에게 반박을 하는 호북성의 성도 무한을 맡고 있는 그의 말도 맞는 말이었다.

"예. 그럴지도요. 하지만…… 이번 한 번쯤은 도박을 해보는 게 어떨지요?"

"도박? 하…… 도박판에서 살아남은 내 앞에서 도박을 말하자는 건가?"

성도를 맡고 있는 그는 도박꾼 출신이다. 그 앞에서 도박을 말함에 그가 비웃음을 내뱉어 보인다.

네가 도박을 아느냐는 비릿한 웃음이었다.

그의 표정에도 하연화는 한 점의 불편함도 없다는 듯 여전히 평온한 표정을 짓고는 말했다.

다만 표정 안으로 숨어 있는 그녀의 마음도 편하지 많은 않았다.

그녀가 등산현에 오기 이전에 성도를 맡고 있는 그는 마음속의 아버지와도 같은 존재였으니 서로 대립하는 것에 마음이 편할 리가 없었다.

그럼에도 의견은 피력했다.

"예. 도박이요. 그가…… 아니 적어도 그라면…… 다른 뭔가를 보여줄 수 있을 것이라 생각합니다."

"……희망이란 걸 봐버린 것인가?"

"그럴지도요."

"미쳤군. 다른 사람은 몰라도 자네는 안 돼. 기녀가 희망을 가져서야…… 그건 기녀일 수가 없네. 알잖은가?"

"……."

기녀는 희망을 가져서는 안 되었다. 언젠가 꺾일 꽃이 될 기녀는 마음을 주어서는 안 되었다.

달라질 수 있다는 생각을 가져선 안 되었다. 언젠가 새로운 삶을 살 수 있을 거란 희망은 금지된 희망이었다.

희망이란 것. 이룰 수 없는 희망이라는 것은 때로는 절망을 줄 수밖에 없으니까.

이 구렁텅이 같은 삶에서 벗어날 수 있다는 희망은 사람을 미치게 만들기에, 이곳에서 버티기 위해서 가장 먼저 버려야 하는 것이 희망이었다.

그럼에도 하연화는 희망이라는 것을 가졌다. 신의, 이운현. 그 하나에게 무언가 변할 수 있다는 것을 봐버린 듯하다.

그것이 무엇에 대한 변화일지, 하연화에게 어떠한 이득을 가져다줄지는 알 수가 없는 일이다.

"……후우."

"일이 벌어지면 그때는 저 하나만 버리면 됩니다. 제 독단으로 처리하면 되는 거예요. 전처럼요."

전처럼.

살아남기 위해서. 중립이라는 자리를 차지하기 위해서 그렇게 많은 이들을 희생시켰다. 버린 것이다.

그것을 다시 하라고 말한다.

"……잔인한 짓을 시키는군. 완전히 마음의 결정을 내린 것인가?"

"예. 헛될지 모를 희망을 걸어보려고 해요. 그라면…… 그가 많은 것을 이룬 뒤라면 이 하오문도 바꿔줄 수 있을지 모를 희망을요."

"하…… 뭐가 어떻게 된 건지. 이럴 줄 알았으면 그대를 등산현에 보내지 않았을 것을."

"후후. 인연이었나 보지요."

성도를 맡은 그가 허무하다는 듯한 표정을 짓고 있었다.

뜻이 맞지 않아, 그녀를 나무라기는 하였어도 평소 하연화를 많이 아꼈던 그로서는 지금의 상황이 안타깝기만 한 것이리라.

"하핫. 희망에 인연이라. 기녀가 아니라 어염집 처자가 다 되었구만."

"……그랬으면 좋았을 텐데요."

일이 잘못되면 자신을 버리겠다 말한다. 무엇인지는 몰라도 작은 희망을 봤다 말한다. 기녀가.

이쯤 되면 결국 그가 할 수 있는 말은.

"……그래. 일이 잘못되면……."

"저 하나로…… 희생은 최소로 끝낼 겁니다."

"후우. 가 봐. 어디 마음껏 해보라고. 사람을 달라면 주고. 약을 구해 달라면 구해 주고. 정보를 달라면 줘."

허락밖에는 없지 않은가.

"……그럼 평안하시기를."

그녀가 마지막 인사를 올린다. 어쩌면 아버지와도 같았던 그에게 올리는 마지막이 될지도 모를 예였다.

운현. 나아가는 것을 대가로 사람에게 희망을 주었으며, 동시에 자신도 모를 짐을 떠안게 되었다.

* * *

하오문은 아주 철저하게 사람을 가려서 보내 주었다. 그들이 평소 하던 것 이상으로 그들은 해주었다.

무력을 갖췄으면서도 동시에 덕망도 갖춘 자들. 그도 아니면 최소한의 인의라도 아는 자들을 보내었다.

대신 그들은 돈 이상의 무언가를 바랐다. 그들 각자의 사연을 안고 찾아왔다.

"삼권호(三拳虎)라고 하오이다. 거창하기는 하지만 낭인들 사이에서는 그리 불리오이다."

"잘 찾아오셨습니다. 하오문에서 무엇을 들으셨는지요?"
"노모의 치료. 그것뿐이면 되오."
"오래 걸릴지도 모릅니다. 불가능할지도 모르고요."
노모라. 한 낭인이 별호를 가질 때까지, 치료하지 못하는 병이란 어떤 병일까.

어떤 병에 걸렸기에 치료를 하지 못한 채로 그가 계속해서 호북성을 낭인으로 떠돌게 만든 것일까?

쉽지 않을 것이다.

"최선은 다해줄 것이지 않소? 신의니까."
"……그건 약조드릴 수 있습니다."
"그거면 됐소."

병에 걸린 자를 모시는 자. 가족 중에 병이 있는 자를 사정으로 둔 자들은 치료를 조건으로 하였다.

누군가는 돈을 말했다.

"돈…… 돈이면 되오. 나 하나를 내 줄 터이니, 내 가족들 건사할 정도면."

"제가 아니더라도 돈을 줄 자 들은 많을 텐데요? 일류라고 쓰여 있지 않습니까?"

"흐. 더러운 짓을 해서는 받지 않을 가족이오. 아니 아버지지. 서생 집안에서 나 같은 놈이 자란 것도 창피하거든."

"하하. 그렇습니까?"

"그래. 그러니까 의방에서라도 돈을 벌면…… 그 양반 호강은 하겠지."

서생 출신인가. 그럼에도 무에 뜻이 있어 일류까지 오른 것인가? 대단한 사람이다. 지원만 잘 받았더라면 지금쯤 절정에 이르렀을 지도 모를 자다.

하기야 이런 출신 내력을 가진 자이기에 인의라는 것을 알고 있는 자이겠지.

더러운 일은 하지 않으며, 정당한 대가로 받은 돈만을 챙기는 자가 바로 이자다.

'서툰 성질을 부리는 와중에서도, 의는 지켰으니 낭인 중에서도 의낭(意狼)이라 불리던가.'

재밌는 자다.

"……좋습니다. 제 의낭님의 가족을 평생 책임지지요."

"그래. 그 정도면……"

못난 자식이 할 일은 다 한 거겠지.

애써 뒷말은 씹어 삼키는 그였다.

돈, 치료. 그리고 사연.

"……하오문에서 찾아 준다 했습니다. 그거면 됩니다."

"그럼 하오문에 은혜를 받은 것이지 않습니까?"

하오문에서 잃어버린 가족을 찾아 준다 말했다. 그도 아니면 묏자리라도 찾아주겠다 말했단다.

그것은 하오문과 그의 거래였다. 그럼에도 그는 하오문이 아닌 자신에게 도움을 주겠다고 말을 한다.

"……약조입니다."

약속이라고 말하면서.

"후우…… 대체 무슨 일인지."

말도 안 되는 소리다.

하오문은 사람을 찾으라 의뢰를 받았지, 자신에게 사람을 달라는 의뢰를 받은 것은 아니었다.

그들을 이끌고, 그들의 사정을 감내하는 것은 어디까지나 운현 자신이 되어야 했지 하오문이 되어서는 안 되었다.

'언제 한번 찾아가 봐야겠군…… 전과는 뭔가 달라.'

하오문이 무언가 원하는 바가 있을 것이다. 그러니 지금처럼 일을 벌이는 것일지도 모르겠다.

"다른 분들처럼 가라고 하셔도 가지 않으시겠지요? 제갈 소저에게는 말해서도 안 되고요?"

"둘 다 당연합니다."

"……후우. 거처는 저쪽입니다."

운현이 무공을 익힌 자들이 머무를 만한 장소를 가리킨다.

사정. 사연. 돈. 인연.

사람이 사람으로서 살아가면서 만들어질 수 있는 그 모든 것으로 말미암아 모인 자들이 사십이다.

일류에서 이류의 사이. 모두 높은 실력을 가진 자들이었다.

하오문이 단순히 의뢰를 수행하고자 했다면 이 정도의 질을 가진 자들이 모일 리가 없었다.

단순히 의뢰가 아니라 자신의 일처럼 행할 때에서야 이 정도의 성과가 나올 것이다.

그렇지 않았다면 표국에서 사람을 모집할 때와는 다른 양상을 보이는 것이 이상하지 않은가.

'뭔가 있어. 뭔가.'

이번 일이 끝이 나게 된다면, 하연화에게 들러 물어봐야겠다고 다짐한 운현이었다.

일단은, 이곳에 온 이들을 통솔하는 것이 중요했다.

*　　　*　　　*

"하루에 스물. 낮에 열, 밤에 열이 되겠군요."

"그 정도 수로 되겠습니까? 사십이 전부 돌아도 부족할 듯합니다만……."

무사 사십.

그 수로 의방 전체를 방어할 수 있을까? 애시당초 무리다. 의방이 너무 커버렸다.

또한 앞으로 더욱 클 것이기도 했다.

'당장은 한 장인에게 일어났던 일만 안 일어나는 걸로 만족해야겠지.'

그러니 현실적으로 할 수 있는 것을 하는 게 나았다. 일단은 딱 경비가 가능한 수준이다.

"어차피 무리입니다. 그리고 나머지 분들이라고 해서 쉬시는 것은 아닙니다."

"그렇습니까요?"

"예. 애시당초 그런 식으로 나누었으니까요. 호위를 하실 분과 교육을 해주실 분으로 나뉩니다."

"교육이라 하심은……."

여기까지는 오면서 설명을 듣지 못했던 것인가?

하기야 누가 나서서 설명을 하지 않았을 수도 있었다. 어디까지나 지금의 계획은 운현으로부터 나온 것이니까.

"무공입니다."

"무공이요? 어떤 무공을 가르치면 되는 겁니까?"

본신절기는 가르쳐 줄 수 없다. 아무리 그들이라고 하더라도 자신의 목숨값과 같은 것을 가르치지는 않는 것이다.

하지만 운현으로서는 그들의 무공이 필요한 것이 아니다.

다만 준비가 아직 안 됐을 뿐이다.

"아직은 대단한 교육은 아닙니다. 무공이 준비되지 않았으니까요."

"그럼 어떤 무공이 되는 겁니까?"

"기본 중에 기본이겠지요. 아직 어린아이들이고 이런 경험이 전무한 아이들이니까요."

"흐음…… 그런 정도라면야 체력부터 길러 주는 것이 맞겠군요."

체력이라.

잠시지만 그 옛날 자신의 어릴 적 상황이 스쳐 지나가는 운현이다.

억지로 했던 두 시진 이상의 마보. 따라오던 근육통. 어찌 견뎠지만 아프기만 했던 몸.

이 시대에서는 그것이 정상이라 말하지만, 운현이 보기에 그 정도는 몸이 상할 수 있는 수준이었다.

다만 내공심법을 제대로 사용했을 때는 다른 문제다. 허나 당장 아이들에게는 심법이 없지 않은가?

"예. 체력이라고 하더라도 강하게 할 필요는 없습니다."

"강하게 할 필요가 없다면…… 대체 무슨 이유로 가르치는 겁니까?"

역시 이해가 가지 않는가.

하기야 칼 하나로 목숨을 걸고 살아온 그들이지 않은가.

잔뼈 굵은 낭인은 강하지 않으면 죽는다는 개념이 박혀 있으니 적당한 훈련은 설렁설렁하는 것으로 보일 수도 있겠다.

"나중이야 강하게 해야겠지요. 하지만 아직은 전혀 배우지 못한 아이들이니 하루 세 시진 이상은 절대 안 됩니다."

"그 정도로 괜찮겠습니까? 기초를 가르칠 때 제대로 가르쳐야……"

"아닙니다. '일단은'인 겁니다. 일단은."

미리 준비된 방안들이 있다.

자신이 그러했듯, 영양 상태를 고루 책임져 주고 스트레칭 또한 가르칠 거다.

적당한 자극과 고른 영양 상태, 그리고 규칙적인 생활이 더해지면 생각 이상으로 체력이라는 건 쉬이 강해진다.

그리고 이 시대에 맞춘 방법도 분명 있다.

"그리고 토납법이라도 제대로 익히게 되면 그때부터는 슬슬 수련을 강화할 겁니다."

"흐음…… 내공이 없는 것을 염려하시는 거군요."

"예. 그러니 일단은 그리해 주시지요."

"신의님의 말씀이 그렇다면야…… 알겠습니다."

어느새부터인가 무사들의 대표로 있는 삼권호가 운현의 뜻을 받아들이는 것으로 아이들에 관한 문제는 일시적으로 끝났다.

아무리 그들이라 하더라도 기본적인 것은 해낼 수 있을 터.

게다가 무리를 하지 않기로 하였으니 자신의 옛날과 같은 일은 당분간 없을 것이다.

'기가 생기면 또 다른 문제지. 흐음…… 꽤나 고생하는 애들이 나오기는 하겠구나. 잘 하는 짓인지…….'

어쨌든 지금은 이것으로 좋았다.

다음은 자신과 함께 하기로 한 무사들을 챙기는 것이 옳지 않겠는가.

일류에서 이류라는 실력이 낮은 것은 아니지만, 조금이라도 더 강해질 필요가 있었다.

그래야만 자신의 사람들을 지킴은 물론이고, 사람들을 지키면서도 자기 자신도 지킬 수 있지 않겠는가.

'이용만 할 생각은 없으니까. 모두가 살아야 한다.'

그게 어떤 사정으로든 자신과 함께하게 된 자들에 대한 예의다.

"그럼 저희는 이만 물러가보도록 하겠습니다."

"가기 전에 이것부터 받으시지요."

운현은 자신이 미리 준비해 놓은 목함을 삼권호에게 건네주었다. 제법 큰 상자이지만 그가 받을 만한 크기였다.

"이것이……."

"오행환입니다. 매일 순서에 따라 복용을 하고 운기를 하게 되면 평소보다 내력이 더욱 차오를 겁니다."

"이게…… 그 말로만 듣던 그것입니까?"

소문이 나기는 난 것인가. 하기야 표국의 표사들이 그리 좋다고 칭송을 하는데 소문이 나지 않는 것도 이상했다.

"하핫. 뭐 대단한 것은 아닙니다. 그래도 도움은 되겠지요."

"신의님이 만드신 것 중에 대단하지 않으신 것이 뭐 있겠습니까? 감사합니다. 모두 유용하게 쓰겠습니다."

"예. 꼭 그리해서 강해지셔야 합니다. 아주 많이요."

그래야만 자신의 마음이 편하지 않겠는가. 자신과 함께하는 많은 이들을 지킬 수 있고.

"하하. 명성과 다르게 직설적이시군요. 알겠습니다!"

운현의 빛이 그에게도 전염될 수 있을까? 이후원에게 그리하였던 것처럼? 당장은 모를 일이다.

다만 그는 의욕은 있어 보였다.

第十一章
기초를 수립하다

흑점에 들락거리던 것이 몇 번이던가.

처음 흑점에 가던 것을 염려하던 이후원도 효용을 본 이후에는 운현이 흑점에 가는 것에 아무런 말도 하지 않았다.

전에 다녀온 뒤로도 여유금이 생길 때면, 무공들을 찾은 운현이다.

덕분인지 부족한 무공이지만 여러 종류의 무공은 확보할 수 있었다. 잡학이라 할 수 있는 것도 이미 여럿 있을 정도니 더 말해 무엇 할까.

무공이란 것이 비급만으로 전해지는 것은 아니기에 부족한 점이 없지는 않겠지만, 이 정도라면 어지간한 중소 문파 수준은 되는 무공을 가진 셈이다.

또한 비급만으로는 익히기 힘들다는 점 때문에 운현이 금자 오백 냥이라는 거금을 이용함으로써 억지 깨달음이라도 얻은 것이기도 했다.

무공에 대한 깨달음을 얻어, 이해도가 더욱 높아지면 하위의 무공은 상대적으로 쉬이 해석할 수 있음을 이용하려 한 것이다.

'다행히도 도박이 먹혔으니 망정이지…….'

만약 금자 오백 냥을 들이고도 깨달음은커녕, 진기도 제대로 얻지 못했더라면?

지금처럼 사람을 지키겠다는 생각은 하지도 못했을 것이다. 일을 크게 벌이기도 힘들었을 것이고.

운이 좋았다. 지금까지는 천운이 닿았다고밖에 할 수 없는 상황인 셈이다.

"우선은 도납체공은 넘겨 놓았으니까. 잠시 시간은 번 건가."

도납체공(道納體功).

정확한 연원은 모르나 어딘가 있었을 도가의 무공이 아닐까 싶은 무공이다.

일반적인 토납법 정도의 수준. 내력은 분명 많이 쌓이지 않는다.

내력이 쌓이기는 하나 그 수준은 운현의 선천생공과 맞먹을 정도로 낮은, 일 년에 일 년이 겨우 될까 말까 한 내력이 쌓인다.

대신 내력이 아닌 다른 것에는 탁월한 능력을 가지고 있었다.

일종의 양생법인 이 도납체공은 내력을 몸에 쌓는 대신에 몸에 기를 나눠준다.

운현이 어리던 시절 뭣도 모르고 자신의 내력을 몸에 소모하여 몸을 키웠듯이, 이 도납체공이란 것도 그런 식으로 작용하는 것이다.

단전에 내력은 적게 쌓이는 대신에 몸은 강화시켜 주는 무공. 무공을 쌓을 만한 그릇을 만들어 주는 무공이 이 도납체공이다.

운현으로서는 어렸을 적에 내공을 소모하여 몸에 투자를 했던 경험도 있었던지라, 이 도납체공은 쉽게 파악을 할 수 있었다.

'옛날에 했던 방식이 꽤나 위험한 것도 이 참에 알았지. 운이 좋았어.'

내력을 몸에 주입한다고 해서 무조건 몸이 강화되는 것은 아니다. 그리했다면 무인은 모두 천하장사일 것이다.

제대로 된 방법으로 주입했어야 했다.

그 당시야 운현의 내력이 얄팍한 수준이었고, 운이 좋아 바른 곳에 내력을 불어 넣어서 다행이었다.

운이 좋았던 거다.

그게 아니었더라면, 주입하지 말아야 할 곳에 내력을 함부로 넣었었더라면 자칫 주화입마에 당했을 수도 있었을 거다.

"그때는 기를 잘 몰라서 무식한 짓도 한 거란 말이지…… 어쨌거나 주석은 이 정도면 되려나?"

이 정도 주석이면 의방에 자리를 틀게 된 무인들도 아이들을 가르쳐 줄 수 있을 것이다. 그것도 아주 잘.

애당초 도납체공이라는 것 자체가 상승의 무공도 아닌 바. 본디 가르치는 것에도 문제가 없었을 것이니 당연한 이야기다.

다만 주석을 달아 준 것은, 운현이 깨달음을 얻음으로써 얻은 무공에 대한 이해를 더하여 더욱 높은 성과를 내기 위함이었다.

"겸사겸사, 의방 무사들도 보다 보면 도움이 되는 바가 있겠지."

도납체공은 이미 몸이 다 자란 의방의 무사들에게는 별 도움이 되지 않을지도 몰랐다.

하지만 자신의 주석을 보고 해석을 하다 보면 뭣 하나 얻을 수도 있을 것이다. 몇 년 전 고 표두가 그러했던 것처럼.

'어디까지나 운이기는 하지만…….'

의방의 무사, 아이들을 챙겨 주기 위한 방안으로는 이 정도가 최선이었다.

"다음 단계 무공도 연구를 해야겠지. 흐음……."

도납체공으로 아이들이 몸을 단련하는 동안 시간을 벌었다. 그 뒤로는 그 다음 단계를 미리 준비해야 했다.

* * *

삼권호, 우한철, 이칠아, 왕훈. 운현이 이번 일을 기회로 모은 무사들 중에서도 아이들의 스승이 될 자들이었다.

구배지례를 올린 것도, 정식으로 받아들인 것도 아니지만 가르침을 베푸니 스승은 스승이다.

그들은 운현의 말을 제대로 따랐다.

"도납체공은 아주 안전한 토납법이다. 허나 그렇다 하더라도 집중은 해야 할 것이야!"

"예!"

"좋다!"

생각지도 못한 무공이라는 것을 가르쳐 줘서일까.

아이들은 무림 전체에서 보면 대단치 못할 수도 있는 무공에도 눈을 반짝였다. 작은 머릿속에 큰 꿈을 그리고 있는 걸

게다.

무림을 종횡하는 협의지사, 검 한 자루에 목숨을 건 낭인. 그런 것들을 꿈꾸고 있겠지. 나쁘지 않은 눈빛이다.

아이들을 가르치는 무사들 또한 처음 무공을 배울 때는 그러한 눈빛을 하였었으니까.

"아직은 완전한 무공이라고는 할 수 없다는 것을 미리 들어 알 거다."

"예!"

"그렇지만 대문파의 아이들도 너희들의 나이에는 이런 식으로 토납법부터 배운다. 몸을 단련하는 것이 기초이니까."

이는 아이들을 속이는 것이 아니었다.

굳건한 기초 위에 쌓는 실력이 큰 힘을 발휘하는 법이다. 그렇기에 일정 이상 규모가 있는 문파는 이러한 토납법을 가지고 있곤 했다.

많은 경우에는 토납법 외에도 몸을 수련하기 위한 수련법을 여럿 가지고 있을 정도였다.

운현이 태어난 이통표국에도 있던 수련법, 면장공이나 태극구공이 바로 그러한 것이었다.

"이대로만 해 나간다면 분명 잘할 수 있을 것이다. 알겠느냐?"

"예."

"그럼 지금부터 반 시진! 체력 단련에 들어가기 전에 심법부터 행하도록 한다."

"예! 흐읍…… 하아."

운현이 처음 내공심법을 단련할 때 그러했듯, 아이들 또한 내공 심법에 빠져들어 간다.

누군가는 제대로 집중을 하지 못하기도 하고, 또 누군가는 바로 집중에 빠져들어 가 제대로 된 수련에 돌입한다.

아이들끼리도 무공에 따른 재능, 집중력의 차이에 따라 상하와 고하가 나뉘고는 있었다.

하지만 이 정도는 많은 아이들을 가르칠 때는 자연스레 나타나는 수순이 아니던가. 문제될 것은 없었다.

아이들의 수련을 가만 바라보고 있자니 삼권호의 곁으로 다른 스승 되는 자들이 어느샌가 함께하고 있었다.

"이대로만 수련을 하면 기초는 확실하겠구려."

"그렇기는 합니다만…… 아직 내공심법이 전해지지가 않았으니."

토납법은 어디까지나 토납법이다.

초기 무림에서는 토납법이 곧 내공심법이었지만, 지금은 다르게 부르고 있었다.

몸을 단련하기 위한 기초심법이라고 보거나 혹은 하류의 심법을 말할 때에 토납법이라는 이름을 붙이곤 했다.

잘못된 단어의 사용이었지만, 현 무림인들이 그리 쓰니 그대로 사용할 뿐이었다.

"그것이야 신의님이 해결해 주시겠지요. 우리로서는 아직 그 주석도 해석이 안 됐습니다그려."

"하핫. 예상 외였지요. 아무리 신의님이라지만, 무공도 높을 줄은 몰랐으니……."

"어디까지 해석이 되었습니까?"

"아직은 아이들을 겨우 가르칠 수준입니다. 자세한 것은 좀 더 연구해야겠지요."

"흐으…… 어머니를 치료하는 것으로 만족하면 될 줄 알았건만, 어째 욕심이 생기는군요."

어머니를 치료한다. 자신의 사정을 해결한다. 그뿐만을 바라고 왔다.

그 대가로 자신의 신의를 보호하여 주면 끝일 것이라고 여기고 온 무사들이 다수다.

헌데 뚜껑을 까 보니 그게 아니지 않은가. 자신이 지켜 줘야 할 것이라 여겼던 신의가 자신들보다 강한 듯했다.

소문으로 전해지는 실력보다도 더.

게다가 그가 도납체공에 손수 달아 놓은 주석만 봐도, 그의 무공에 관한 이해도는 자신들 이상이었다.

그러니, 단순히 이곳에서 사정을 해결하고 은혜를 갚으면 될 것으로 여겼던 무인들로서는 신선한 충격이 있을 수밖에 없었다.

"신의님께서 이해치 못하는 부분은 물어보라 하셨으니 언제 한번 가보지요."

"바쁘셔서 그리하실 수 있으실지는 모르겠습니다. 우선은 저희들끼리 해독본을 만들어 보는 것은 어떻겠습니까?"

"허허. 그것도 좋겠구려. 너무 모르고 가면 그건 그거대로 민망할 일일 테니 말이오."

신선한 충격 뒤에 같은 처지에 있는 이들이기에 자연스러운 교류가 이루어진다.

운현이 분위기를 미리 마련한 것도 있겠지만, 무슨 사정으로 왔든 서로 부대끼고 살아가야 할 자라는 것을 알고 있기에 서로가 협조하는 것이리라.

좋은 모습이었다.

아이들이 기본적인 수련을 하고, 몸을 단련해 나아가기 시작했을 때.

운현이라고 하여서 가만있지는 않았다. 언제부터인가 쉬지 않고 무언가를 해 나가고 있는 그였으니 당연한 이야기였다.

"음…… 역시 내공심법의 경우는 힘들긴 하네. 여기서 시간이 다 갈 줄이야."

절정에 올랐다고 하더라도 어디까지나 억지로 절정에 오른 것이나 다름없었다.

깨달음을 얻어 완벽에 가까워지기는 했지만 부족한 점투성이다. 편법이라면 편법을 쓴 덕분이리라.

그렇다 해도 전보다는 무공을 살피는 눈이 깊어진 것은 부정할 수 없었다.

안 보이던 것, 보이지 않던 묘리와 같은 것들이 있다는 것이 슬금슬금 보이고 있었다. 깨달음 덕분이다.

"흐음…… 이래서 몇 대전까지만 하더라도 절정 고수가 곧 무력의 척도였던 건가."

부족하다고 하더라도, 전에 일류에서 이류 사이에 있던 자신의 실력보다는 훨씬 낫다. 이해도도 다르다.

전혀 다른 세계에 있는 기분.

예전에는 문파에서 보유한 절정 고수의 수로 문파의 무력을 측정했다고는 하는데 그 이유가 이해가 가는 바였다.

"도납체공 다음으로 익힐 삼위일환공은 역시…… 정종 무공답네."

삼위일환공은 그가 언젠가 기 연구를 위해서 마련한 무공이다.

정종의 무공이면서 이미 멸문한 문파의 무공이기에 뒤탈이 없을 만한 무공이다. 그 후예도 없으니까.

다만 정종의 무공답게 안정성이 있기는 하나, 딱 그 정도의 수준이었다.

어렵사리 이류의 무공에 들 만한 내력을 쌓아주기는 하지만 구파일방의 대단한 무공처럼 일 년에 십 년에 가까운 내공을 쌓아주지는 못한다.

물론 내공이라는 것이 운현이 그러했듯이, 쌓이면 쌓일수록 천천히 쌓이기는 한다. 단전을 강화해야 하니까.

그렇다손 치더라도 일 년에 이 년이 좀 넘는 내력을 쌓는 심법은 아무래도 약한 심법이기는 했다.

'십 년 해야 이십 년 내공이 좀 넘는다는 건데…… 음. 그럼 스물쯤 되면 다섯 살부터 해도 삼십 년 내공인가?'

그것도 다른 일을 하지 않으면서 무공에만 꼬박 시간을 할애할 때에 가능한 일이니 결코 높기만 한 수준은 못 됐다.

'시간을 들여서라도 접목을 하기는 해야겠군.'

얼마 전 흑점에 남몰래 다녀오면서 사파의 내공심법으로 분류되는 파류역행공(破流易行功)을 구해 온 운현이다.

흑점의 기준으로 이급의 무공은 못 되었고 잘해야 삼류 정도 되는 내공심법이다.

하지만 내공을 쌓는 속도는 운현이 먼저 보고 있던 삼위일환공 이상이다. 사파의 심법다웠다.

"혈도에 자극을 줘서 내공 쌓는 속도를 빠르게 하는 형식인 거군. 대신에 안전성을 좀 포기한 건가."

파류역행공은 무공을 수련할 때마다 약간의 내상을 입을지도 모를 심법이다. 혈도에 자극을 주기 때문이다.

하지만 그 대신에 삼류의 무공임에도 내공을 쌓는 속도는 분명 높다. 안전성 대신 속도를 택한 무공인 셈.

정파인들은 이러한 무공을 제대로 되먹지 못한 사파의 문파라고 칭하지만 운현이 보기에는 달랐다.

"이제 와서 보니까 꽤나 실용적인데?"

정종 무공은 가질 수 없는 실용성.

안정성만 보장이 된다면 정종 무공이 가지지 못할 속도를 가지게 해주는 점은 분명 뛰어난 점이었다.

대신 단번에 내공을 끌어 올리고, 제대로 된 흐름으로 내공을 쌓는 것이 아니니 이것을 이용해서 내력을 쌓는다면 절정이 되기는 힘들어 보였다.

빠름에 대한 반작용이다.

"어쨌건 중요한 요체는 혈도에 약간의 자극만으로도 내력을 쌓는 속도가 빨라진다는 거니까."

파류역행공의 장점을 조금 약화시킨 채로 삼위일환공에 적용만 잘하면 괜찮지 않을까?

때때로 오는 약한 내상 같은 것 정도야, 운현과 의원들이 있는 데다, 도납체공으로 몸의 기초를 쌓을 것이지 않은가?

그의 이론대로만 된다면 삼위일환공의 내력을 쌓는 속도는 적어도 반 배는 빨라질 듯 보였다.

'그래도 어렵기는 하군. 흠…… 그래도 여기에 선천생공의 안정성을 조금만 적용하면 괜찮을지도?'

내공심법에 맞는 내공의 흐름이라는 것은 결국에 혈도를 타고 오르는 순서와 방식의 차이이지 않은가.

자신이 익히고 있던 내공 심법들, 그동안에 익혀 온 것들을 사용하여 시간을 조금만 더 할애를 한다면?

정 안 되면 그는 약학으로라도 내공의 상승을 끌어 올릴 수 있다.

새로운 무공을 창안하는 것은 아주 어렵겠지만, 개량하는 것은 가능하지 않을까라는 생각에서 나온 연구.

그 연구에 따라 운현이 쉼 없이 내공심법들을 비교하고 새로이 적용을 해 보기 시작한다.

'몇 달, 잘하면 일 년이 걸릴지도 모르겠군. 흐음…… 빠듯한데.'

아이들이 기초를 쌓아가는 동안 완성되어야 할 터이니 빠듯한 시간일 수도 있었다.

금방 자라는 것이 아이들이고, 고아인 아이들을 모아서 온 것이니만치 나이 대가 전부 맞지 않았다.

이미 나이가 너무 먹어버리거나 한 아이들을 위해서라도

어서 새로운 심법을 얻어내야 할 터.

'정 안 되면 나이가 많은 아이들은 기초만 끝나면 삼위일환공에 바로 들어가게 해야겠군. 오행환을 꽤 많이 준비해야겠어.'

계획대로 안 되면 안 되는 대로 다음의 방안을 사용하면 된다. 다만 약을 만들고 무공 연구도 해야 할 자신이 바빠질 뿐이다.

그래도 해야 했다.

* * *

운현이 아이들을 모집하고 한참 토납공을 가르치고 있다는 소식은 자연스레 등산현 전체에 퍼졌다.

호북성, 그것도 등산현 내에서는 그의 일거수일투족에 모두가 크게 집중을 하고 있지 않던가.

자연스러운 현상이었다.

하지만 이러한 자연스러운 현상에도 자연스레 불만을 가질 수밖에 없는 자들이 있었다.

그들의 사정을 생각하면 자연스러운 불만이기도 했다.

"아니…… 신의님이 어떻게 이러실 수가 있소이까?"

"그래 봐야 토납법이지 않은가. 그 정도는……."

아이들에게 토납법을 가르친다는 것. 그것은 비록 낮은 수준이기는 하지만 무공을 가르친다는 소리다.

문운파로서는 불만이 생길 수밖에 없다.

"고작해야 토납법 정도라니? 그것이 시작일 수도 있잖소?"

"그래도 신의님이 하시는 일이잖은가."

고 표두의 동기이기도 한 두칠이 같은 항렬의 사형제를 달래지만 전혀 소용이 없었다.

"이통표국에 받은 은혜는 분명 기억하고 있소. 신의님도 분명 대단한 분이지. 그건 알고 있소. 하지만 그건 그거고 이건 이거 아니오?"

"후우……."

"말을 해보시오! 사형!"

"……."

현 문운파는 이통표국과 운현으로 말미암아 최고의 성세를 자랑하고 있었다.

그들이 매년 주는 기부금도 기부금이지만, 문운파 출신의 제자들은 우선적으로 이통표국에 들어갈 수 있는 덕분이다.

하지만 그러한 무사들을 운현이 직접 단련시키고, 수련시켜 표국에 넣어주게 되면?

당장에 문운파의 입지가 흔들리게 된다. 시간이 지나, 문운파가 없어질지도 모를 일이 되는 것이다.

운현으로서는 자신의 사람들을 지키기 위해서 벌인 일이라곤 하지만, 문운파가 보기에는 생존의 위협이었다.

세상사 모든 일이 일차원적으로 일어나지 않듯, 운현이 벌인 일의 파급 효과가 연쇄적으로 일어나고 있는 것이다.

"아무리 신의님이라지만 가서 따져야 하지 않겠소이까?"

"따진다라? 뭘 말이냐? 고아를 거둬서 아이들을 가르친다고? 그도 아니면 우리 밥줄을 끊는다고? 대놓고 말 할 수 있겠느냐?"

"사형!"

문제는 운현이 벌인 일이 선의라는 것에 있었다.

고아를 거두는 것도, 그 아이들에게 무공을 가르치는 것도 선의일 수밖에 없었다.

그들도 등산현을 살아가며 얻은 경험으로 고아가 가지는 처지라는 것을 뻔히 알기 때문이다.

그러니 그들이 아니고서야 운현의 행동을 비난할 자들은 몇 없다.

가까이 무당파만 하더라도 운현이 벌인 일을 알게 되면 칭찬을 하면 해 주었지, 비난을 하지는 않으리라.

명분은 운현에게 있다. 하지만 그들에게는 생사가 달린 문제다.

"내 고가 그놈에게 말해 보지."

"고 사형은…… 표행에 나가 있지 않소이까?"

"얼마 전에 왔다고 한다. 한번 가봐야겠지."

고 표두는 두칠의 동기다. 또 이곳에 있는 누군가에게는 사형이기도 했다.

명분도, 힘도 없는 그들로서는 고 표두에게 사정하여 인정에 기댈 수밖에 없었다.

홀로 사는 세상이 아니기에, 생각지 못한 곳에서 작은 잡음들이 일어나고 있었다.

第十二章
상생을 하다

"흐음……."

중년이 다 되어서도 고 표두의 밝은 성격은 변하지 않았다.

근래 들어 표국의 확장과 여러 일로 등산현에 자주 있지 못하는 그였지만 꾸준히 주변은 챙겼다.

운현을 가르치려 들기도 하고, 국주와 얼마 전 배운 장기를 둬보기도 하며, 사문인 문운파의 아이들의 무공을 봐주기도 했던 그다.

덕분에 두칠만 하더라도 얼마 전에 절정에 들어서게 되지 않았던가.

고 표두야 이미 표국의 사람이니 문운파의 절정 고수라고

상생을 하다 233

는 할 수 없었지만, 문주를 포함하여 절정 고수가 한 대에 무려 셋이나 배출된 셈.

덕분에 문운파는 성장일로를 달렸었기에, 고 표두는 언제나 국주 이후원에게 마음의 빚을 지고 있었다.

그럼에도 그로서도 현재의 상황은 마음이 쓰일 수밖에 없었다.

"어려운 문제군."

"그러네. 신의님의 뜻이야 알기는 하겠지만…… 우리 문운파로서는 횡액을 당한 셈이 아닌가."

"그래도 국주님은 여전히 문운파의 무인들을 받아들일 텐데?"

"지금이야 그렇겠지. 하지만 나중은? 나중에도 그러실 수 있겠는가? 의방에 있는 아이들만 오백이 넘네. 여러 현에서 데려왔다지?"

"그래. 나만 하더라도 꽤 데려왔었지. 고아들이야."

고아.

그런 고아들을 데려다 먹여주고 재워주며 무공도 가르친다. 의방의 일을 도와 주기는 해야겠지만 아이들에게도 나쁘지 않은 일이다.

그렇기에 고 표두도 기꺼워하면서 고아를 거두는 것에 열심이였다. 더 많은 아이들을 들이지 못한 것을 안타까워했을 정도다.

"뜻은 좋네. 하지만 우리 문운파로서 문제라 이것이지."

"흐음. 그건 그러하겠군."

"우리도 고아들을 데려다가 문파 제자로 키우기도 한다지만 이런 식으로 본격적으로는……."

"하지도 못했지."

대 문파라 하더라도 고아 출신을 대거 들이지를 못한다. 우습게도 무공의 재질 이전에 그들의 출신을 따지기 때문이다.

구파일방 중 하나인 무당파에 운현의 형제들이 정식 제자가 된 것으로 축연을 연 것만 봐도 알 만하지 않은가?

본래부터 대 문파의 무인이 되는 것은 성장 배경부터, 재능에 출신까지 볼 정도로 복잡한 일이다.

고아가 대문파의 제자가 되는 경우가 아주 없지는 않지만, 그 비율은 항상 낮은 편이다.

또한 중소문파의 경우에는 그런 것을 따지지 않아도 힘들었다. 이유는 단순하다. 돈이 부족해서 하지 못하는 것이다.

"그래도 꾸준히는 해 왔지. 그게 문파가 성장하는 지름길이긴 했으니까."

"그래. 그런 거지. 흐음…… 그러니 이대로라면 문운파가 힘들어지기는 하겠군."

꾸준히 고아를 들인다는 것만으로도 문운파는 등산현 사

상생을 하다

회에 큰 공헌을 해 나가고 있는 셈이다.

그들이 바르게 무사로 자라 표사가 되기도 하고, 또 누군가는 다음 대의 고아를 거둘 문운파의 무사가 되기도 했으니까.

그러한 일을 못하게 되면, 당장에 돈은 늘지도 모른다. 하지만 미래가 문제다.

"내 한번 신의님에게 말씀을 드려보도록 하겠네."

"그렇게 해 주겠는가?"

"그래. 하지만 뭣 하나 확답은 못 하겠구먼…… 그저 사정이나 봐달라고 말할 수밖에 없잖은가?"

"흐으…… 그것도 그러하구만."

고 표두에게 부탁을 하러 온 두칠 표정이 조금 어두워진다.

역시 고 표두라고 하더라도 운현에게 뭐라 할 입장은 아니었기에, 그 이상의 방법은 없음을 깨달은 것이다.

"당장 다녀오지."

"부탁하겠네."

고 표두가 표행으로 노곤한 몸을 이끌고 운현을 만나러 갔다.

* * *

고 표두가 운현을 만난다 청하는 것을 막을 자는 의방에서 누구도 없었다.

그는 이통표국의 믿음직한 국주인 동시에 반쯤은 운현의 스승이었으니 당연한 이야기였다.

시원시원한 성격을 가진 그답게, 그는 운현에게 자신의 상황에 대한 솔직한 입장을 피력했다.

이야기를 들은 운현으로서는 자신이 벌인 일이 그런 식으로 결과를 낼지는 몰랐기에 표정이 잠시 어두워졌다.

"……그런 사정이 있었군요. 흐음. 예상치 못한 부분이네요."

"솔직히 도련님의 뜻은 잘 알겠습니다만은…… 저도 입장이란 게 있는지라……."

"이해합니다. 저라고 해서 문운파를 그리 만들 생각으로 아이들을 거둔 것은 아니니까요."

"어떻게 해야 합니까? 이미 아이들은 자라고 있고, 후에는 무인들이 되겠지요."

"예. 그리 될 겁니다."

무인이 되면 의방을 지킬 자들이 될 것이다. 언젠가는 호북성 전체에 확장될 의방을 지켜줄 동냥들이다.

그러니 아이들을 거두는 것을 멈출 수는 없었다. 지금이야 이 정도의 수이지만, 나중에 가면 더 많이 필요로 할지도 몰랐다.

자신의 사람들을 지키기 위해서다.

하지만 그런 아이들이 어떤 사정에 의해서 이통표국의 표사가 될 수도 있는 것은 또 모를 일이다.

자신이 그런 식으로 이끌어 가지는 않겠지만, 세상사라는 것은 모르는 법이니 말이다.

"아무리 제가 아이들을 무인으로 키운다고 하더라도, 문운파에서 표사들을 뽑는 것은 당연합니다."

"그렇다 해도 역시…… 문운파에 타격이 되지 않지 않겠습니까?"

"그렇겠지요. 후우."

결국 쳇바퀴다.

어떤 식으로든 운현이 거둔 아이들이 성장을 하게 되면 문운파로서는 손해를 볼 수밖에 없었다.

'어째야 하나……'

전생에서는 이런 경우 어찌했지?

지금 문운파는 자신이 일을 벌임으로써 새우등 터지듯 중간에 낀 형국이다. 선의로 벌인 일이었으나, 본의 아니게 피해를 준 셈.

명분으로서도, 진의로서도 자신에게 문제가 있는 것은 아니나 결과적으로 그리 되었다.

"지원금으로는 부족하려나요?"

"이미 많이 지원을 받기는 했지요. 그래 보아야 결국에는 문운파로서도 한계가 있지 않겠습니까?"

기부금도 소용이 없는 것인가. 하기야 그럴지도 몰랐다.

"지금이야 등산현 하나에 국한된 문제이지만…… 나중에 가면 일이 커질지도 모르겠군요."

"그럴 겁니다. 지금 잘 재단을 해야 할 겁니다. 도련님."

멀리 갈 필요도 없다.

위로 있는 함녕현에 의방을 설치하게 되면 어찌 되겠는가?

지금 등산현에 있는 문운파에 그러하듯, 그곳에 있는 형의문에 영향력을 끼치게 될지도 몰랐다.

최악의 결과를 불러오게 되는 것이다.

'중소문파들이 어떤 식으로든 고사돼 버릴지도 모르겠군……'

무당이든 제갈가든 거대 문파에서 무공을 배우고, 그런 자들이 문파를 세우고 무관을 세운다.

호북 무림에서는 이러한 모습이 자연스러웠다.

그것에 운현이 새롭게 끼어들게 된 형국이니, 변화에 의한 변동은 당연한 일일지도 몰랐다.

피해가 가는 곳은 역시 중소문파가 되는 것이다. 대문파야 이런 일에 별달리 영향이 없을지도 몰랐다.

'어쩌면 도미노처럼 문제를 일으킬지도 모르고. 어렵군.'

어떤 식으로든 중소 문파에도 살 길을 열어줘야 할 상황이었다.

"그럼 이리 하지요. 제가 아이들을 거둔 것은 의방을 위해서였습니다. 의방을 지키기 위해서였지요."

"이해합니다. 근래에 일이 계속 발생하였으니까요."

"예. 하지만 앞으로 의방이 커 갈수록 더 많은 아이들을 거두겠지요. 문운파는 그런 것을 염려하는 것이고요."

"잘못하면 문파가 해체될 수도 있으니, 어쩔 수 없는 일이지요."

"그러니 이렇게 하지요. 당장에 모든 것을 정할 수도 없겠지만, 방향부터 잡자 이겁니다."

운현의 말에 어둡기만 하던 고 표두의 표정이 조금은 풀어진다.

일을 잘 해결하려 하는 운현의 마음을 그도 직접적으로 느낀 것이리라.

"어떻게 말입니까?"

"우선은 기부금을 꾸준히 내어줄 겁니다. 저희 의방에만 돈이 돌아서야 문제가 될 테니까요."

이게 첫 양보다. 무슨 일이든 결국에는 돈이 중요했다. 돈을 적당히 할애해 줌으로써 숨통은 틔워줄 수 있다.

"아까 말씀드린 대로 부족할 겁니다. 자라난 아이들이 뭘 하겠습니까? 전부 문운파의 무사로 거둘 수도 없고요."

"그렇죠. 그러니 다음으로 문운파 무사들을 저희 의방에서도 받아들이겠습니다."

"직접적으로 키움과 동시에 외부 인사도 받아들이겠다는 겁니까?"

"예."

"좋지 못할 겁니다. 그런 식으로 해서는 내부에 알력이 만들어질지도요."

외부에서 들어온 무사와 내부에서 키워진 아이들의 알력다툼을 염려하는 것일 거다. 바른 시각이다.

하지만, 역시 그러한 것들은 하기 나름이다.

"아니요. 제대로 영역만 구축하여 주면 됩니다. 그리고 아까 말씀드렸듯, 일어나는 문제는 차차 해결해야겠지요. 제가 신은 아니니, 문제야 어떻게든 일어나지 않겠습니까? 하핫."

"가능한 한 모두를 의방 내에 포용한다라……. 부족하기는 하나 나름 현실적이군요."

최대한 문운파가 살 길을 열어준다. 이러한 일은 등산현으로부터 퍼져 나갈 다른 의방에도 통용되는 이야기다.

중소문파가 고사하든 말든 홀로 독주해 보아봐야 좋은 꼴을 볼 리 없었다. 비효율적일지 몰라도 받아들여야 했다.

상생을 하다

"포용이 아닙니다. 상생이죠."

"상생인 겁니까……."

"예. 일단은 같이 살고 봐야 하지 않겠습니까?"

"좋군요."

고쳐야 할 것도 많을 것이다. 어디까지나 임시방편이 될지도 몰랐다. 하지만 고 표두는 믿었다.

적어도 함께하려는 운현이라면 어떤 식으로든 문운파 같은 문파들을 고사시키지는 않을 것이다.

그렇게 운현은 문운파를 안으로 품었다.

* * *

"잘 부탁드립니다."

"저야말로 잘 부탁드려야겠지요."

어설픈 약속이 될 수도 있지만, 운현의 진심을 믿는 것으로 문운파는 운현의 뜻을 따르기로 하였다.

문운파는 문운파 나름으로 성장을 해 나가는 대신에, 그들로부터 성장한 무인은 이통표국이나 의명 의방의 무인이 될 것이다.

문파 내분의 무인들에게 선택권을 주기는 하겠지만, 대부분 그리 될 것이다.

그럼으로써 무인들은 안정적인 생활을 영위할 수 있게 되고, 운현은 운현 나름대로 당장 필요할 무인들을 수급할 수 있게 되었다.

"그럼 우리는 의방의 보호를 맡으면 되는 겁니까?"

"예. 특별한 일이 없는 한은 이곳 의명 의방을 지켜주시면 됩니다."

"호위 의뢰와 비슷하게 된 셈이로군요. 개인적으로는 저희의 사정을 봐주셔서 감사합니다."

문운파의 무사들이 의방의 보호를 맡게 되었다고 들떠 있는 사이, 두칠은 운현에게 홀로 감사의 인사를 올렸다.

운현이 당장 해주는 일이 문운파에 대한 배려인 것을 알고 있음이리라.

"같이 잘 지내야 하는 것이니 당연한 이야기겠지요. 그럼 앞으로 잘 부탁드립니다."

"저야말로 잘 부탁드립니다."

그렇게 문운파를 품은 운현은 의방의 경비를 한 번 더 강화를 해 내고서는 다른 곳에 눈을 돌렸다.

'선의로 해낸 일이라 하더라도, 다른 사람들한테는 피해가 갈 수도 있다.'

이번 문운파의 일로 배운 교훈이다.

전생에는 의사로 보내오기는 했어도, 이런 식으로 영향을 끼쳐 본 경험은 없었기에 나온 작은 실수기도 했다.

 '약초꾼들은 예상하기는 했는데…… 흐음. 뭐 그건 일단 다음 문제고.'

 여러 부분을 생각한다고 했지만 부족했던 점이 나올 수밖에 없었던 것이다.

 "당장에 불만이 있을 만한 쪽은 역시……."

 이번 일을 계기로 자신이 벌인 일로 불만을 가진 자나, 피해를 입을 자를 차차 따져보던 운현이 한 사람을 찾았다.

 현청의 현령.

 이통표국이 성장하면 할수록, 가장 배 아파할 자가 그이지 않던가. 운현에게도 불만을 가진 자이기도 했고.

 게다가.

 "어렵사리 해내기는 했지만…… 불만이 장난 아니던 걸요?"

 얼마 전, 운현이 의방 뒤편의 야산을 제갈소화를 통해 얻을 때에도 현령의 불만이 보통이 아니라 전해졌었다.

 그동안이야 은근슬쩍 넘어가기는 했지만, 이제 와서는 불만이 터지기 일보직전일 터.

 '챙겨줘야겠군.'

 바로 운현은 자신의 일보를 현청으로 내디뎠다.

 "크흠…… 공사가 다망한 자네가 무슨 일인가?"

"전에 드린 약속을 지키러 왔습니다. 올해도 슬슬 공사를 하기는 해야 하지 않겠습니까?"

역시나 현령은 제대로 뇌물도 받아먹지 못한 자신의 상황이 불만인 듯해 보였다.

적당히 해먹는 맛이 있어야 하는데, 운현과 이통표국이 있음으로써 피해를 봤던 현령이다.

'딱 현령 정도의 그릇이긴 하지.'

적당한 뇌물은 좋은 기름칠로 작용하기도 한다 하던가.

이 시대의 현령이란 자치고는 그리 더럽다고도 할 수 없는 그가 등산현의 현령이었기에 운현으로서도 악감정은 없었다.

"치수 공사 말인가? 올해는 자금이 없어 넘어가려 했네만은?"

"부족한 돈이 얼마나 되는지요? 제대로 치수 공사가 돼야 공물도 문제없이 나지 않겠습니까?"

"커험…… 뭐…… 그래도 자네는 젊어서 그런가 말이 잘 통하는구만. 그래도 작년에는 너무했으니. 약속을 하고 입을 싹 닫지 않았나?"

"산적도 있고, 여러모로 일이 있었으니 이해를 해 주시지요."

"커흠…… 뭐 그건 우리도 제대로 못한 점이니 미안하네."

불만이 있는 듯 이래저래 말을 돌리기는 하지만, 신의로도 불리는 운현이 슬슬 풀어주자 결국 현령도 마음을 풀 수밖에 없었다.

운현은 마지막으로 승정환을 챙겨 주는 것으로 쐐기를 박고는.

"하핫. 이것부터 받으시지요."

"뭘 이런 걸 다."

"매년 챙겨드리겠습니다. 그럼 올해 치수 공사는 제게 맡겨 주시지요."

"……뭐 잘 부탁하겠네."

"여부가 있겠습니까."

이런 식으로만 챙겨 주면 그도 어쩔 수 없을 것이다.

치수 공사의 돈을 조금씩 대어주기 시작하면, 언젠가부터는 관에 있어 운현의 영향력이 크게 뻗치게 될 터.

그때부터는 싫은 소리만은 하지 않을 현령이었다. 그는 꽤 현실 감각이 뛰어났으니 확실했다.

'무인 쪽은 문운파를 끌어안았으니 되었고…….'

관은 현령과의 협상만 잘 해나가면 운현에게 싫은 소리를 할 이유도, 할 상황도 아니었다.

의방은 운현의 의방이 이미 등산현을 넘어 주변현에서도 가장 영향력을 발휘한 의방이지 않던가.

표국의 경우도 승정환 판매에 더불어 상행에도 직접적으로 뛰어들게 됨으로 인해서 크게 성장을 한 상황이다.

등산현의 상권은 승정환과 이통표국의 표물로 돌아가도 과언이 아니라 할 정도이니 무슨 말이 필요할까.

무림, 관아, 상권.

등산현의 세 가지가 어느 순간부터인가 이통표국과 운현을 중심으로 돌아가고 있었다.

第十三章
그 아이의 하루

"집중해라! 집중!"

따아악.

"으윽."

아직까지 집중을 하지 못한 것인가? 어린 아이의 신음 소리가 넓기만 한 수련실 안에서 울려 퍼진다.

아이들은 많았지만, 주변이 워낙 조용하였기에 목소리가 크게 울려 퍼지는 것까지는 어쩔 수 없었다.

'오히려 집중이 깨지는데…….'

아직 완전히 집중을 하지 못한 장지민으로서는 그런 소리가 괜스레 신경이 쓰일 따름이었다.

그 아이의 하루 251

어제의 고된 일로 몸이 쑤셔서인지, 집중도 되지 않게 괜스레 짜증이 나는 지민이었다.

운현은 하지 말라 하였지만, 밥값은 해야 하지 않겠는가. 늦게까지 한 약초 정리로 인한 통증인 듯했다.

'으음…… 열심히 해야지…….'

그래도 얼마의 시간이 흘러가니, 습관처럼 행하던 내공심법에 조금씩 빠져 들어간다.

선천생공.

점차 확장되어 가고 있는 이 넓은 의방에서도 오로지 운현과 자신만 익히고 있는 무공이었다.

자신과 그를 하나로 이어주는 그런 귀한 무공이다.

운기행공이 끝이 나게 되면 그 뒤로는 기초 체력을 쌓기 위한 수련이었다.

운현은 자신이 가르치려 하였지만, 특별대우는 그녀로서도 사양이었기에 수련은 아이들과 함께 하게 되었다.

"제대로 뛰어라."

"하낫! 둘!"

달리기. 마보. 기초적이긴 하지만 십팔반병기의 수련.

넓은 무림에서 놓고 보면 너무도 기초적인 교육이다. 명문세가의 자식들이라면 열도 되기 전에 다 익힐지도 모를 수련이다.

하지만 수련을 하는 어린 아이들의 표정은 하나같이 진지했다.

수련을 구명줄로 보는 덕이다. 무공을 자신들을 이곳에 있게 하는 소중한 것으로 보기에 누구보다 열심히일 수밖에 없다.

"으으……."

하지만 의욕이 있다 하여서 모든 것을 따라 갈 수는 없는 일이지 않겠는가?

기초적인 교육이라고 말하지만, 체력이 선천적으로 달리는 아이들은 역시 수련을 좇기 힘들다.

열심히와 잘하는 것은 다른 문제인 것이다.

옆에서 수련을 하던 아이는 신음을 내뱉으면서도 멈추지를 않았다. 지금의 수련이 자신이 남기 위한 모든 것이라도 되는 듯.

'그렇게 하지 않아도 되는데…….'

운현은 수련을 따라잡지 못했다고 해서, 자신이 거둔 아이들을 내버릴 자가 아니었다.

어떤 식으로든 수를 내어줄 자이지, 필요에 따라 사람을 쓰는 자가 아니었다. 그러니 자신도 거두어 주지 않았는가.

그 아이의 하루 253

'말을 해야겠네.'

수련을 따라 오지 못하는 아이들에 대해서도 전해 줘야겠다고 생각하며, 장지민은 다른 아이들과 같이 하는 수련을 이어 나갔다.

그렇게 오전의 수련이 끝이 나게 되면 어느덧 오후.

근래에 들어서 무공을 수련하는 것인지, 연구하는 것인지 모를 운현은 워낙에 바쁜지라 그를 대신하여 다른 이들이 가르쳐 주고 있었다.

"왔구나?"

"예."

총관 제갈소화다.

그녀는 임시라고는 말하지만 총관으로서 해야 할 일을 정확히 수행해 주고 있었다.

의방에 있는 서생들과 여러 일을 나눠서 하고는 있지만, 안 그래도 일이 많은 의방이지 않은가.

하나의 몸으로 수행하기 힘들 만큼 많은 일을 하고 있음에도, 그녀는 일주일에 삼 일 정도는 자신의 선생 노릇을 해주고 있었다.

게다가 가르치는 것조차 여러모로 열심히랄까.

그녀가 지민에게 가르쳐주는 열의를 보면 어지간한 훈장

은 구워 삶아먹을 정도다.

다만 그 열의만큼이나 특이한 점이 있다면, 일반적으로 가르치는 글공부가 아니라는 점일까?

"보자…… 저번에 어디까지 했더라?"

"장량과 고조의 의논까지요."

"아아. 그래. 기억났어."

한나라 고조 유방. 그가 천하를 통일하고 당공신에 대한 논공행상에 대해서 이야기 하던 중 그날의 수업이 끝이 났다.

운현이 제갈소화를 찾았기 때문이다.

"그때 분위기가 상당히 좋지 않았단다? 알다시피 논공행상이란 건 꽤나 복잡한 거거든."

"상인데도요?"

"그래. 본디 불안과 불만에 젖어 있게 되면 이성적인 판단을 못하게 되는 거지. 그러다 보니 통일 후에도 불안했던 것이고."

제갈소화가 장지민에게 수업을 하는 것은 항상 이런 식이다.

단순히 논어니, 맹자니 하는 수업보다는 꽤나 흥미로울 수 있는 것을 가르쳤다. 학문보다는 권모술수에 가까운 것들을 가르쳤달까?

제갈가의 여식인 그녀야 자라면서 자연스레 배워가는 것이라고 하지만 무슨 이유에서인지 지민에게까지 가르치는 그녀였다.

"그래서요?"

"그때 되려 고조는 장량의 말을 들어 '원수를 덕으로써 대한다'고 했지."

"으음?"

"가장 마음에 들지 않는 신하를 오히려 봉공으로 세운 거야. 그 뒤는 어떻게 되었을까?"

게다가 그녀는 단순히 이야기를 가르치는 것으로 끝이 나지 않았다. 항상 생각을 하게 하였고, 수를 내도록 만들었다.

"불안이 잠재워졌겠군요."

"그래. 그러니까 여기서 눈여겨 볼 점은 원과 원을 등가교환하는 것보다는 결국 원을 덕으로 나눔으로써 상수를 두는 것이······."

그렇게 계속해서 제갈소화만이 가르칠 수 있는 묘한 수업이 이어져 나간다.

운현이 보게 되면 아이에게 무엇을 가르치는 것이냐고 할 만한 수업이지만, 어쩌겠는가.

이곳에는 항상 바쁘기만 한 운현이 없는 것을.

지민은 그렇게 제갈소화의 수업으로 글공부는 물론이고,

권모술수에 관한 이론을 쌓아가고 있었다.

수업 이후에는 의원들로부터 약학과 의학에 관해서 배우는 것이 그 다음이었다.
"자아, 오늘은 여기까지 하자꾸나."
"수고하셨습니다."
"그래. 지민도 수고하였다."
그러고선 어느덧 저녁시간이 되면, 그녀는 남몰래 연습을 하고는 했다.
바로 웃는 연습.
'잘 안 돼······.'
흐릿하기는 하지만, 자신의 얼굴이 보이는 거울을 앞에 두고는 웃음 짓는 연습을 해 보는 지민이었다.
운현이 자신의 스승인 왕 의원의 유언을 부여잡고 있듯 그녀는 아버지의 유언을 부여잡고 있었다.
아버지는 정원준의 '행복하라'는 유언.
그 유언을 어떻게 하면 지킬 수 있을까 고민 끝에 나오던 게 바로 웃음 짓기다.
다른 이들은 잘만 하는 웃음이라는 것이 이상하게 자신은 쉽게 되지 않았다. 공부보다도 더 어려웠다.
"으음······."

사람들과 부대끼며 말수가 조금씩 늘기 시작하고, 표현도 할 줄 알게 되었건만 역시 웃음은 아직이었다.

"지민!"

그때, 저 멀리서부터 목소리가 들려왔다. 운현이다.

운현의 아버지인 이후원이 저녁식사만큼은 되도록 함께하자고 엄명을 내렸기에, 근래에 들어서는 함께 식사를 하러 가고 있었다.

"……시간이 됐나."

아쉽게도 웃는 시간은 여기까지였다.

대신 그와 함께 하지 않는가?

나쁜 일은 아니었다. 그녀는 자신도 모르게 옅은 웃음을 잠시 짓고는 운현이 기다리고 있을 밖으로 나섰다.

그는 언제나 자신에게만큼 같았다. 오빠처럼.

"오늘은 잘 지냈니?"

"예."

신경을 써주려 하였고.

"일이 많아서 제대로 보지도 못하는구나."

"괜찮아요."

유언을 지키기 위해서인지, 함께하지 못하는 것에 미안해했다. 하지만 이해 못할 바는 아니지 않는가.

그는 의방을 책임지는 사람이다.

의방에서 가장 바쁠 수밖에 없는 것이고, 그와 함께 하지 못한다고 해서 서운할 것도 없었다.

다만 오늘 수련 중에 생각해 놓았던 바는 말해 두어야 했다.

"있잖아요."

"응?"

"수련을 했는데…… 힘들어하는 아이가 많아요."

의외로 수련을 따라오지 못하는 아이들이 많다는 이야기를.

"그래?"

"네. 꽤 많아요. 이 할 정도."

"흐음…… 이 할이라…… 많긴 하구나."

운현은 자신의 이야기에 많이 놀란 것인지 순간적으로 눈이 크게 뜨여졌다가 원래로 돌아왔다.

그로서는 생각보다 많은 아이들이 따라오지 못한다는 것에 대해서 꽤 중히 여기는 것 같았다.

걱정을 안겨 준 것일까? 사과를 해야 하는 걸까?

아직 사람을 대하는 데 익숙하지 못한 지민에게 운현이 갑작스레 머리를 쓰다듬어 준다.

"고마워. 덕분에 신경 쓰지 못하던 부분도 찾았구나. 이

할 이상이라니 확실히 생각 외야."

"……예."

가끔 있는 순간이지만, 정지민은 운현과 있는 지금 이 순간들이 너무 좋았다. 괜스레 마음이 따뜻해지고는 했으니까.

"자자, 어서 들어가 보자. 어머니가 늦는다고 뭐라 하시기 전에. 하핫."

"……예."

따뜻했다.

이것이 행복이라면 자신은 행복한 삶을 살고 있는 것일지도 몰랐다.

'아버지……'

자신의 아버지가 바라 왔던 그날처럼.

* * *

형운사 주지 스님은 정갈함의 대명사다.

스님이 되지 않았더라면, 학자가 딱 어울릴 법한 그에게 언제나 많은 이들이 염불을 드리고, 시주를 하기 위해서 오가곤 했다.

인자하기만 하던 그가 가장 시름에 잠겼었던 때는, 근래 일어났던 동자승의 사고뿐.

그 뒤로 다른 동자승을 들이게 된 덕분인지 주지는 전에 밝고 인자했던 얼굴을 찾아가는 듯했다.

그런데 지금 이 상황은 무엇인가.

"……죄송합니다."

그가 고개를 조아리고, 몸을 잘게 떨고 있었다. 흡사 이런 행위는 두려움에 떠는 사람의 모습이 아니던가.

그런 모습을, 주지가 하고 있었다.

자신의 사제를 버리는 패로 사용을 할 때도, 실패한 자들을 처리를 할 때도 떨지 않던 그가 눈앞의 인형에겐 떨고 있었다.

어둠에 가려 나이도, 성별도 미상으로 보이는 그자에게 주지가 이렇게까지 떠는 이유는 무엇일까?

"얕은 정으로 일을 그르치지 말라 했지 않더냐."

"다시는 그러지 않겠습니다. 스승님."

스승이었던가.

그들 사형제를 가르친 스승? 아니면 대사형이라 할 수 있는 그만의 스승? 모를 일이다.

이들은 너무 많은 것이 가려져 있었다.

떨고 있는 주지의 모습이 마음에 들지 않았던 것일까, 배일에 가려져 있던 인형이 엎드려 있는 주지에게 다가왔다.

노인이다. 주지만큼이나 인자해 보이지만, 또 한편으로는 꼬장꼬장함이 엿보이는 그런 노인이었다.

대가 세 보이는 모습이지만, 인자함이 있어 여느 동네에서 한 목소리쯤 내겠거니 할 그런 인상을 가진 자였다.

그가 엎드려 있는 주지에게 다가가 어깨를 툭툭 친다.

"되었다. 덕분에 처리해야 할 자만 늘지 않았더냐. 모두 처리했으니 너는 걱정 말거라."

그 소리에 주지는 다시금 몸을 떨었다.

'모두 처리했으니 너는 걱정 말거라.'

그의 스승이 일을 처리할 때면 늘 하는 이야기다. 그 말이 나올 때면, 많은 자들이 피에 절어 죽었다.

무슨 일을 당하는지도 모르는 채로, 연유도 모르는 채로 죽어 나자빠졌다.

누군가는 사지가 잘려 죽고, 또 누군가는 짐승의 먹이가 되었다, 산 채로. 할 수 있는 한 모든 잔혹한 방법에 의해 죽곤 했다.

자신이 보이던 살심 따위는 별거 아닌 듯 보이게 만드는 것이 그의 스승의 사람 죽이는 법이었다.

"……가, 감사합니다."

"그래. 그래야 좋은 아이지."

"……."

칭찬인가. 농인가. 이미 아이라는 말을 듣기에는 너무 많은 나이를 먹게 된 자신이지 않은가.

그럼에도 자신의 스승이 하는 말에는 웃어 보일 수밖에 없었다. 칭찬을 들은 아이처럼, 순하게.

그 웃음이 마음에 든 것인지 노인이 만족스러운 표정을 짓는다.

"허허. 여전하구나, 너도."

"예."

"철이 좀 들어야지. 아니 그렇느냐? 허허."

"예에. 물론입니다."

조손까지는 못되더라도 흡사 부자의 나이 차이를 가진 둘이서 도란도란 이야기를 나누는 듯한 분위기가 금세 만들어진다.

괴이했다.

"허험. 그나저나…… 아이들을 적당히 추려야겠구나."

"괜찮겠습니까?"

"괜찮지 않을 리가 있겠느냐. 허허."

아이를 추린다.

버릴 아이를 선택한다는 소리다. 대의를 위해서라는 핑계로.

처음 사제에게 죽으라는 말을 할 때는 두려움에 떨었었다. 두 번째 죽이라 할 때는 어쩔 수 없는 일이라 여겼다.

그 다음으로는 슬픔을. 또 그 다음이 되었을 때는 어쩔 수 없다는 체념에 사로잡혔었다.

그리고 이내 지금에 이르러서는.

'나만은 아니기를…… 후우.'

대사형으로서 자신의 사제들에게는 보이지 않던 겁 먹은 속내만을 가지고 있을 뿐이었다.

사제들은 자신이 죽을 자를 선택하는 줄 알고 있으나, 그것은 큰 오산. 자신은 그저 대리자일 뿐 선택자는 스승이다.

"아이들의 반발을 생각하지 않을 수 없습니다."

"되었다. 그런 아이가 죽을 테니까."

반발을 한 사제를 죽이겠다는 소리다.

주지의 머릿속으로 누가 죽을지 형상이 스쳐 지나갔다. 밖에서는 상인 행세를 하고 있는, 운 사제의 죽음에 반발을 하던 그 아이.

어릴 적에는 자신을 쉬이 따르곤 했던 사제를 선택한 것일 게다.

상인으로서는 정씨, 실제의 성으로는 안이라는 성을 가지고 있던 그 아이다.

"안 사제인 겁니까?"

"그래. 너무 많이 설쳤다. 게다가 이번에는 남쪽에서 선수를 치는 데도 당하지 않았더냐?"

"그랬습니까……."

선수를 당했다라. 기물과 관련된 일을 말한 것일 게다. 그 일은 자신들이 벌인 일이 아니었다.

호남의 놈들 중에 하나가 선수를 쳤던 일이었다. 그것이 지금에 와서 문제가 될 줄이야.

'후우…….'

또 하나의 사제가 죽게 생겼다. 자신은 또 명령을 내리겠지.

"얼마나 주면 되겠느냐?"

죽을 날을 고르라는 소리다. 자신의 사제가.

"녀석의 성격상 일을 크게 벌일 겁니다. 그래도 괜찮습니까?"

"그건 그거대로 상관없겠지. 적어도 책임감 없는 녀석은 아니니까."

책임감 없는 녀석이 아닌데도 죽인다는 겁니까?

라는 말이 입 끝까지 차올랐지만, 주지는 내뱉지는 않았다. 아니 못했다. 그 뒤는 자신의 죽음으로 연결되는 것을 알기 때문이다.

"……그렇지요. 일이 생겨도 자신 홀로 안고 죽을 아이입니다."

"그러니 딱 적당하지 않느냐. 안고 죽게 하거라. 그래. 이왕이면 그 아이의 복수도 할 겸, 겸사겸사 진행토록 하거라."

그 아이라. 산적 행세를 하다 죽은 운 사제를 말하는 것인가?

상인 행세를 하고 있는 안 사제를 이용하여 그 아이의 복수도 말한다 함은······.

"······상인으로서 죽으라는 것이로군요."

"그게 그 아이에게도 어울리는 죽음이지 않겠느냐?"

"그렇겠지요."

과연 어울릴까. 무인으로서 무를 닦았음에도, 무인으로서가 아닌 상인으로서 죽는 것이?

그 아이가 받아들일 수 있을까? 그래. 받아들이기는 할 것이다. 자신이 그러했던 것처럼 받아들이겠지.

하지만 그렇다고 해서 그게 맞는 것일까.

'······대의에서 너무 멀어져 버린 걸지도.'

너무도 무거웠던 뜻. 선대에서부터 이어져 왔던 그런 뜻에 자신들이 변질된 것은 아닌지 생각하는 주지였다.

하지만 이미 겁에 가득 차버려, 스승이란 몸에게 길들여질 대로 길들여진 자신이 할 말은 달리 정해져 있지 않았다.

"······명에 따르겠습니다."

"허허. 그래. 그래야지. 좋은 제자이지."

또 하나가 버림받을 준비를 해야 했다.

* * *

  무공의 수행, 연구. 의방을 꾸리기 위한 의원들에 대한 교육에 페니실린을 강화하기 위한 꾸준한 노력까지.
  한 몸으로 해도 바쁠 일들을 끌어안고서도 운현은 잘도 일을 벌리고 있었다.
  "전답을 더 매입해 주셔야겠습니다."
  "또요? 야산을 매입한 걸로도 충분하지 않을까요?"
  "그래 봐야 몇 년 후면 창고부터 시작해서, 이것저것으로 가득 찰 겁니다. 산 끄트머리만 활용하니까요."
  "흐음…… 그야 그렇기는 하겠죠."
  운현은 벌어들이는 돈을 전부 의방에 투자하고 있는 형편이다. 어마어마하게 벌어들이는 돈을 사용하고 있다는 소리다.
  등산현을 넘어 여러 현에서부터 벌어들이는 승정환의 이득까지도 전부 사용하고 있으니. 이러한 광폭행보가 가능했다.
  "너무 무리하는 것 아닐까요? 아직 아이들이 수련을 하는 것을 제대로 틀을 잡지도 못했는데요."
  "예. 아직 적응을 다 했다고 하기에는 분명 시간이 부족하기는 했지요."

하지만 여기서 더 확장을 하는 것은 확실히 시기상조로 보였다.

"그렇다면 역시 조금 후에 하는 것이……."

"아니요. 지금부터 준비를 해야 미리 준비를 할 수 있을 듯합니다."

"준비요?"

"예. 지민에게 들어 보니 …… 수련을 제대로 따라오지 못하는 아이들이 꽤 많더군요."

"그건 기간이 얼마 되지 않아서이지 않을까요?"

"그럴지도 모르죠. 당장은요."

수련에 따라오지 못하는 아이들이 이 할이라고 한다.

이곳에 오기 이전에 영양 상태가 고르지 못했던 데다가, 아직 수련을 시작한 지 얼마 되지 않았으니 그럴 수도 있기는 하다.

하지만 하나는 확실했다.

적응을 하면 줄어들기는 하겠지만, 끝내 적응하지 못하는 아이들도 분명 나올 것이다.

그 수는 처음에는 적더라도, 아이들을 수련실을 가득 채울 만큼 받아들이게 되면 꽤나 많은 수가 될 것이다.

그러니 주변의 전답을 좀 더 구매를 하고, 여러모로 준비를 해 두어야 했다.

"그렇다면 역시 천천히 하시는 게…… 지금도 겨우 유지하고 있는 걸요. 소모되는 돈이 많아요."

"그때 가서는 늦습니다. 무공에는 끝까지 적응하지 못할지 몰라도, 그 아이들도 할 수 있는 게 있을 겁니다."

무공이 아니어도 괜찮다. 아이들이 자라면 할 수 있는 일은 많았다.

착취를 할 생각은 없지만 자신이 성인은 또 아니지 않은가. 자라며, 적응을 하고, 능력을 기르게 되면 할 수 있는 일을 시킬 참이다.

그러니 지금 준비를 하는 것은 몇 년 뒤에 있을 일에 대한 준비다.

"……여러모로 생각하고 계신 거군요, 아이들을요."

"이왕 거뒀으니 끝까지 책임은 져야 하지 않겠습니까?"

"휴우……."

"무인을 기르는 것 외에도 할 일은 많았으니까요. 그래도 수련을 시키긴 할 겁니다. 기초 무공을 쌓는 건 사는데 도움이 되니까요."

다각적으로 준비를 하고, 그에 맞춰서 아이들도 대우를 해주는 정도다. 운현에게 그 정도는 별다를 것 없는 일이었다.

하지만 제갈소화가 보기에는 그게 아닌 듯하였다.

"보통의 문파라면 따라오지 못하는 아이는 허드렛일이나

시키지요."

"저까지 그럴 수는 없지 않겠습니까?"

"예. 그러실 것 같았어요. 그래서 저도 아이들을 받아들일 때에 아무런 말도 하지 않은 거고요."

"그러니 미리 부탁드리는 겁니다."

일차적으로 생각하기보다는, 여러모로 준비를 하자. 이왕이면 자신이 거둔 사람들이 좀 더 나아질 수 있도록.

언제부터인가 삶을 겪어 가면 겪어갈수록 단순히 명의가 되겠다는 꿈보다 더욱 거창해져 가고 있는 운현이었다.

전생, 그리고 현생.

두 번의 생을 사는 그이기에 이러한 큰 꿈을 가진 것일지도 몰랐다.

"……알겠어요. 대신에 당분간은 아껴야 한다구요. 아무리 많이 벌어도 이렇게 쓰면 부족해져요."

"예. 하핫. 명심하겠습니다!"

"칫…… 일만 던져주는군요."

결국 그의 진심에 제갈소화가 움직이기 시작했다.

第十四章
무엇을 보는 걸까?

황녀는 황녀였다.

그녀는 본디부터 다른 이들을 다스리기 위해서 태어나기라도 한 듯 고귀한 모습을 하고 있었다.

화려한 치장에서 나오는 그런 억지스러운 고귀함이 아니었다. 처음부터 타고난 기품이 그녀에게는 있었다.

다른 이들은 감히 흉내를 내려 해도 내지 못하는 그런 기품이 그녀에게는 있었다.

지금 이 순간도 그녀의 기품은 계속해서 더해지고 있을 정도였다.

그럼에도 동시에 고귀함과 함께 미모를 타고 났으니 세상에 불공평에 대한 증거가 있다면 그녀도 그중 하나일 게다.

"오래 걸렸구나."

"전하께오서 꼼꼼하신 덕분이지요."

"후후. 어찌하겠는가. 이게 내 성격인 것을……."

그녀는 호북성에 오는 여정에서 많은 성을 둘러보았다.

북경에서, 하북. 다시 하북에서 산서. 산서에서 하남, 마지막 목적지인 호남에 이르기까지.

어렵사리 호북으로 올 수 있게 된 이번 일을 기회로 삼으려는 것인지 그녀는 많은 곳을 둘러보고 살펴보았다.

단순히 경치를 살펴보고자 함이 아니었다.

황궁의 부덕함의 소치가 있는지, 그들이 오래전 낳았던 부덕함이 어떤 식으로 작용했는지를 살폈다.

선정을 베풀 만한 곳에는 선정을 베풀었고, 벌해야 할 곳을 벌하였다. 황자들이나 할 법한 일을 그녀가 해 온 것이다.

"괜찮으시겠습니까. 너무 많은 시선이 쏠렸습니다."

"그렇겠지."

덕분에 처음에 비밀스럽게만 움직였던 그녀의 행보는 꽤나 많은 곳에 밝혀지게 되었다.

그녀가 벌인 일이 있으니, 동창의 이름을 빌어 처벌을 한다고 하더라도 어쩔 수 없는 일이었다.

"그래도 폐하께오서 아직까지 부르시지 않은 것을 보면, 폐하의 뜻에 반하는 일은 아니잖느냐?"

"……다행인 것이지요."

"휴우. 폐하께오서도 신경을 쓰시는 거겠지. 여러 사정을."

평화로워 보이기만 하는 중원에도 묘한 암운이 끼고 있었다. 호남성이 특히 그러하였고, 그 주변도 마찬가지인 듯하였다.

소림사가 있는 하남성이야 그나마 사정이 나았지만, 북경과 가까운 하북은 의외로 소란스러웠다.

많은 무사들이 등장을 하게 되고, 그들로 인해서 하북의 무림이 들끓어 오른다는 것이 이유였다.

'관과 무림이 내외시한다지만…… 상황이 묘하다.'

지금껏 돌아온 하북, 하남, 산서와 같은 성들도 신경 써야 할 것이 많았다. 호북만큼이나.

그래서 지금껏 이곳에 오기까지 많은 시간이 걸렸을 지도 몰랐다.

"호북성주에게는 기별을 넣었느냐?"

"오래전에 넣어 두었습니다. 기다리고 있느라 잔뜩 긴장을 했을 테지요."

"호호. 어째서인지 호북성주는 본녀에 적응하지 못하더구

무엇을 보는 걸까? 275

나."

 호북성에 들를 때마다 다른 이들은 적응을 해 나가건만, 항시 같은 모습을 보인 자가 있다면 호북성주가 제일이리라.
 그는 언제나 황녀가 오는 것을 부담스러워하였고, 또한 언제나 준비를 한답시고 부산스러웠다.
 "성주를 만난 다음에는 무당이신 겁니까?"
 "그래. 목적지였지 않느냐."
 "미리 준비를 해두겠습니다."
 기도를 드려야 한다. 자신의 어머니를 위한 기도를. 그러니 무당에 들르는 것은 당연한 이야기다.
 여기에 황녀는 다른 목적지도 추가하였다.
 "그리고 제갈가도 잠시 만나 보아야겠지."
 "제갈가인 것입니까."
 "그래. 신의를 만나는 것도 좋지만…… 상황을 파악하는 것도 일이지 않겠느냐?"
 "준비해 두겠습니다."
 황권도 좋지만, 당장에 호북성에서 영향을 끼치는 자들 중에 하나가 제갈세가다.
 무림의 세가이기는 하나, 명석한 머리를 바탕으로 관아에도 한 자리씩을 차지하고는 하니.
 무림 명가임과 동시에 관에서도 명문가다.

'그런 자들이니 만나보게 되면 얻는 바가 있을 터.'

당장 호북성에서 일어나는 일들에 대한 정보, 앞으로에 대한 대비 정도를 들어 두는 것 정도는 나쁘지 않았다.

"신의를 보러 온 길이 꽤 길어지게 되었구나."

잠시지만 황녀의 여정이 더욱 멀어졌다.

* * *

때가 다가와 등산현에도 치수 공사를 할 때가 다가왔다.

운현은 약조하였던 대로 치수 공사에 들어갈 돈의 대부분을 자신이 치러 주었다.

남은 돈은 현령의 돈으로 들어갈 것이 분명하였지만, 거기까지는 운현이 건드릴 부분이 아니었다.

'세상은 교과서처럼 깨끗하게만 돌아가는 것은 아니니까······.'

이해 못 할 바도 아니다.

"그나저나 사람이 몇 안 되는군요?"

"치수 공사를 할 자는 꽤 빠져나가 있으니까요."

작금 황하에만 하더라도 많은 곳에 치수 공사를 벌이고 있는지라, 치수 공사에 관련된 자는 많이 사라진 상태다.

그렇다 해도 작은 현에서도 근본이라 할 수 있는 농업을 포기할 수는 없기에 치수 공사는 계속해서 이뤄져갔다.

"그래도 덕분에 현이 돌아가기는 하겠지요."

"농한기가 다가오기 전에 돈이 풀리니까요?"

"그런 겁니다."

제갈소화는 운현의 옆에서 보고 배운 바가 있는 것인지, 이제는 곧잘 경제의 개념에 대해서 이해해 나갔다.

전에는 무의식적으로 이해해 나가던 것을, 운현이 풀어서 설명을 해 주었더니 개념적으로 알게 된 덕분이다.

"너무 의방에만 돈이 돌아서는 좋지가 못 해요. 한쪽에만 몰려서야…… 구매할 사람도 줄어드니까요."

"그렇게 말씀하시는 의원님치고는 전답(田畓)을 너무 구매하셨다고요."

"하핫. 그거야 어쩔 수 없는 일 아니겠습니까? 아이들을 위해서지요."

"과연 그리 될지는 모르겠지만…… 휴우. 이대로라면 등산현이 정말 완전히 넘어가 버리겠군요."

지금만 하더라도 치수 공사 자체가 운현의 주도로 이뤄져 가고 있다. 관에서나 하는 일에 운현이 직접 관여하고 있는 것이다.

현령의 불만을 잠재워주겠다고 말을 했었지만, 이런 식으로 영향력을 끼칠 줄은 몰랐던 제갈소화였다.

치수 공사에 관여를 하고, 주변 상가에 영향력을 행사하고, 동시에 상권을 장악하는 것.

거기다 무인에 이르기까지. 하나의 가문에서 한 지역의 대다수의 영향력을 행사하는 것은 그녀로서는 심심찮게 봐왔던 장면이다.

'흡사…… 제갈가가 본가에서 끼치는 영향력과 비슷하지 않은가…….'

제갈가.

바로 그녀의 본가라고 할 수 있는 제갈가가 그러했다. 제갈가가 있는 주변으로 몇 개의 현에 상당한 영향력을 행사한 곳이 제갈가였다.

그런 의미에서 보자면 비록 등산현 하나에 머무르기는 하지만, 운현의 영향력을 적어도 등산에서만큼은 제갈가 이상이었다.

'그나마 다행인 건…… 무당파의 영향하에 있다고도 보기 어려운 점일까?'

저 멀리 있는 무당파야 이통표국을 포함하여 신의인 운현에게 영향력을 행사하고 있다고 여길 거다.

하지만 제갈소화가 보기에는 아니었다.

운현은 무당파의 영향을 받은 사람으로서가 아니라, 온연히 자신 홀로 등산현을 자신의 영향력 하에 놓고 있었다.

그러면서도 동시에 등산현을 발전을 시키고 있었으니 많은 이들이 깨닫지 못했으나 실로 무서운 일이었다.

그녀가 보기에 이대로 시일만 흘러간다면, 호북무림에는 무당과 제갈 그리고 운현의 가문이 있을지도 몰랐다.

'그대로 되면 호북 이가가 되는 건가…… 흐으응…….'

제갈 세가의 사람으로서 그런 일은 막아야 될지도 모를 일이다.

자신의 가문이 영향력을 행사하는 곳에 그러한 가문이 들어서게 되는 것은 분명 문제가 될 수도 있다.

'보고를 올려? 아니지…… 아직은.'

하지만 제갈소화는 일단은 보류하기로 하였다.

"오늘도 한번 움직여 볼까요?"

"예. 후후."

환하게 웃으며 자신의 일을 해내 가는 자, 주변의 사람을 지키기 위해서 고군분투하는 운현의 모습을 봐서라도 잠시 보류를 해 둔 것이다.

과연 이것이 제갈가에 독이 될지 득이 될지는 모르나, 확실한 것은 등산현이 변화하고 있다는 것이다.

* * *

시일이 흘러 그가 매수한 전답들은 그대로 둔 운현이다. 의방을 확장한다거나 새로운 건물을 짓고자 구매한 전답이 아니었다.

대신에 그는 자신과 연결이 되어 있는 약초꾼부터 불러들였다.

가장 먼저 달려 온 자는 역시 방 약초꾼이다.

"약초를 직접 길러 보시겠다구요? 도련님, 아니 신의님이요?"

"예. 하하. 물론 대단하게 하자는 것이 아닙니다."

운현이 어려서부터 함께 했던 방약초꾼의 경우에는 이제는 아들에게 업을 물려주고는 집에서 소일거리나 하는 처지였다.

다 늙어 힘이 없어진 것은 아니지만 아들에게도 업을 물려줘야 되겠다 여겼기에 물러난 터다.

그렇다 해서 그가 가지고 있던 약초에 관한 지식은 없어진 것이 아니었다. 시간이 지날수록 깊어져 오히려 더욱 완숙에 가까워졌을 것이다.

"그러시다는 말은……."

"우선은 작게 해보려고 합니다. 키울 수 있는 것과 키우지 못하는 걸 일단 구분해야 하지 않겠습니까?"

"그야 그렇겠지요. 키운다고 그냥 자라는 게 약초였으

면…… 애써 산에 갈 필요도 없지 않겠습니까?"

"예. 그렇지요."

약용식물, 다른 말로 약초는 키우기가 어려운 편이다.

전생에서야 어지간한 것들은 다 키워내고는 하였지만, 역시 손이 많이 가는 것이 약초 재배였다.

많은 기술을 요했고, 약초에 관한 지식이 있다 하더라도 어려움을 느끼는 것이 약초 재배다.

마음껏 키운다고 해서 그대로 자라나는 것이 아니다. 그러니 처음부터 크게는 일을 벌이지 않은 운현이었다.

"제가 뭘 어떻게 하면 되겠습니까? 다른 소일거리 하는 놈들도 일단은 데려오기는 했습니다만……."

그래도 다행인 점이 있다면 아들을 고쳐줘서인지, 방약초꾼 이하 여러 약초꾼들이 손을 거들어 주기는 한다는 점이었다.

"우선은 우리 등산현에서 나는 약초들부터 길러봐야겠지요. 비슷한 환경으로 만들어 주고요."

"비슷한 환경말씀이십니까? 으음……."

"그러니까 약초가 자라는 곳과 비슷하게 해보자 이거지요. 그 부분은 아무래도 여기 온 분과 이야기를 하는 게 좋겠군요."

운현은 말을 하면서 옆에서 가만 상황을 살피고 있던 노인에게 눈짓을 했다.

노인은 소작농으로 여생을 보내 온 자로, 농업에 대한 경험은 분명 있었다. 대단하지는 않지만 부족하지도 않은 실력이랄까?

방 약초꾼보다 약초에 관한 지식은 적다고 하더라도, 식물을 기르는 데는 이중에서 가장 탁월한 능력을 가지고 있는 셈이다.

"어이쿠. 신의님이 뭐 저 같은 놈을 다 존칭을 해주십니까요."

"저보다 어른이신데 당연하지요. 이야기는 들어서 알고 계시겠지요?"

"예에…… 뭔지는 몰라도 약초를 키우신다고 하시는 거겠지요. 이거 다른 농사를 지을 줄 알고 왔는데…… 허어 참."

그는 운현이 구입한 전답의 소작을 맡고 있던 노인이다.

운현이 전답을 구매하면서 전답의 주인만 바뀌었을 뿐, 같은 농사를 지을 것이라 여겼던 그였다.

그런데 약초 재배라니. 약간이지만 긴장을 할 수밖에 없었다.

"예. 전체를 다 키울 생각은 아닙니다. 가능한 것은 하고, 가능치 못한 것은 걸러내야겠지요."

"허허…… 막중하구만요."

"너무 무겁게 생각하실 필요는 없습니다. 생활도 제가 직접 챙겨드릴 터이니 걱정하실 필요도 없으실 겁니다."

"허허참…… 그렇게까지 말씀을 하신다면야……."

노인은 불안해하면서도 신의라 불리는 운현이 일을 맡겨서인지, 일을 맡을 생각인 듯하였다.

'다행이네…….'

노인이 거절을 하게 되면, 다른 자를 또 찾아봐야 할 터였던 지라 운현으로서는 한 시름을 놓은 셈.

저 노인이 저래 봬도 이번에 구매한 전답을 포함하여 등산현 내에서는 가장 소작을 잘하기로 소문이 난 자였다.

전생에 있던 농법처럼 현대적인 그 어떠한 것을 해내지는 못하겠지만, 평생을 일구면서 얻어 온 경험은 꽤 크게 작용할 것이리라.

'본래 처음이 어려운 거니까…… 우선 약초 재배라는 것을 이끌어 냈으니 시간을 두면 될 거다.'

약초라 해서 무조건 어렵지만은 않다. 쉬운 약초도 있으며, 정 안 되면 다시금 본래 하던 농사로 돌려도 늦지 않았다.

"그럼 두 분이 최대한 잘 이끌어 나가주실 수 있겠지요?"

"최선을 다해 보겠습니다. 신의님의 말씀이지 않습니까."

"잘해 보겠습니다. 허허."

그렇게 운현은 잘만 되면 크게 일을 벌일 수 있는 약초 재배를 시험 삼아 맡기게 되었다.

시일이 지나 의방이 커지게 되면, 필수가 될 수도 있는 막중한 임무를 맡긴 것이다. 작은 변화였다.

* * *

운현이 쉼 없이 등산현 내를 오고 가는 동안, 이후원의 경우도 운현과는 다른 방식으로 움직여 나아가고 있었다.

"잘할 수 있겠지."

언젠가 돌아올 첫째 아이와 둘째 아이 명학과 문환.

여유가 생긴 이후원은 무당파에 있을 그 둘을 위해서 무당파에 많은 기부금과 함께 영약을 따로 보내었다.

운현도 아끼는 자식이지만 그 둘도 아끼는 자식이었으니, 부모의 마음을 챙긴 것이다.

자식들을 모두 챙긴 그는 이제는 자식과도 같은 곳이 된 표국을 다시금 정비해 나갔다.

"이 총관. 어떻던가?"

"처음에는 이런 식으로 하는 것이 꽤 복잡하기만 했습니다."

주먹구구식으로 이루어지던 표국의 운영을 이후원은 운현

의 방식을 따라하는 것으로 대체했다.

뭐든지 처음 하는 것은 적응에 어려운 법.

게다가 이 총관으로서는 현재의 표국에도 겨우 꾸려나가던 형편이었던지라 그 어려움은 수배였다.

하지만, 노력 끝에 답이 있다고들 하던가.

"그런데 이게 적용을 하고 보니, 일처리가 훨씬 빨라졌습니다!"

"오오. 그런가?"

"예. 전에는 표국에 표물을 점검하는 것만으로도 반나절이 더 지나갔는데, 이제는 한 시진만으로도 충분합니다."

운현이 약초를 정리하는 데 사용했던 방식을 이통표국은 표물을 정리하는 데 사용하였다. 그 덕분으로 일의 진행이 빨라졌다.

"돈 정리만 하더라도 그렇습니다. 일목요연하게 나누고 정리를 하니, 훨씬 나아지더군요. 처음에는 애를 좀 먹긴 했습니다."

"좋군."

일종의 회계 정리를 따라한 것이다. 운현도 회계를 잘 아는 것은 아니기에 초보적이긴 한 거지만 나름의 체계가 있었다.

이러한 체계를 본래부터 이통표국이 사용하던 체계에 적

용을 하여 더하니 속도가 빨라졌다.

덕분인지 이 총관은 전에 비해서 자신만만한 표정이었다.

"제가 부족하다고 떼쓰던 것이 아주 민망해질 정도입니다. 이 정도라면 표국이 얼마나 크든 꾸릴 수 있겠습니다."

"허허. 좋군."

능력은 조금 부족했을지언정, 인성이 된 총관이었다.

구하기 어려운 자다. 그런 인물이 자신감을 가지게 되었으니 그것보다 기꺼운 일이 어디 있겠는가.

"그럼 이제는 또 새로 정리를 해 보도록 하게. 운현이가 식사 중에 새로운 숙제를 줬으이."

"……무엇인지요? 또 적응하려면 꽤 시간이 걸리겠군요."

"허허. 대신에 나중에는 편하지 않겠는가?"

"그도 그렇겠군요. 말씀을 해주시지요."

"우리가 안 그래도 상행을 하고 있지 않은가."

"그렇습지요. 덕분에 수익 정리를 하는 게 배는 힘들어졌었지요."

"허허. 그랬는가. 일을 하다 보니 이것도 정리가 되면 좋겠다는 생각이 들었다네. 언제까지나 표사들의 말만 믿고 할 수는 없잖은가?"

이후원이 하자는 것은 지역에 있는 물건들의 시세를 정리하자는 것이다.

중원에 있는 많은 상단들에게 있어 시세표라는 것은 보물과도 같은 것이며, 지켜야 할 최종의 보루다.

그것을 이후원은 직접 만들어 낼 생각인 듯했다.

"흐음…… 어려운 일이 될 수 있겠군요. 최대한 노력해 보겠습니다."

운현에게서 한 수 배운 이후원이 다시 한 수를 더 나아가고 있었다.

第十五章
여름에 피는 꽃

페니실린은 아직 성과가 부족했다.

전생에서도 페니실린은 쉽게 만들 수 있는 약이 아니었으니 당연했다. 개량을 하는 데는 오랜 시간이 걸릴지도 몰랐다.

'어쩌면 평생 개량에 실패를 할지도 모르지……'

그래도 뭐든지 없는 것보다는 역시 있는 것이 나았다.

부족한 약효는 선천생공을 이용하여 치료를 하면 되니 이가 안 되면 잇몸으로라도 버티면 되었다.

당장에 많은 일을 벌이고 많은 일을 행하고 있는 운현으로서는 페니실린의 강화는 잠시 뒤로 미룬 상태.

그렇다 해도 약은 사람을 시켜 꾸준히 생산을 해 나갔고, 이를 점차 여러 곳에 활용하기 시작했다.

그중에서도 가장 이 약의 많은 치료를 받게 된 곳은, 다름 아닌 의방의 환자들이 아니라 홍루의 여인들이 되었다.

"흐음…… 그래도 전보다는 많이 나아지기는 했군요?"

"신의님의 말을 따랐으니까요."

매일 같이 몸을 씻는 것만으로도 많은 질병을 예방할 수 있다. 운현은 그 사실을 하연화를 통해 일러 주었다.

덕분인지 기녀들은 처음 그가 진료를 할 때보다는 훨씬 양호한 건강 상태를 가지고 있었다.

다만 그런다 하더라도, 그녀들이 하는 일의 성격이 있지 않은가.

많은 이들을 접할 수밖에 없게 되고, 많은 이들과 몸을 맞댈 수밖에 없는 것이 그네들이 가진 직업이다.

하연화가 최대한 환경을 신경 써준다고는 하더라도 한계가 있는 터. 병을 달고 살 수밖에는 없었다.

"어쩔 수 없겠군요."

"흐음. 이게 말로만 듣던 그 약이로군요?"

페니실린이다.

다면 여기서는 신의기약(神醫奇藥)으로 알려져 있다. 운현이 따로 이름을 붙이지 않았음에도 효능을 경험한 자들이 붙여 놓은 이름이다.

"예. 본래는 성과를 더 내고 자주 사용하려고는 했지만…… 역시 무리더군요."

"그래도 정보대로라면 보통은 넘던걸요?"

"되는 게 있고, 안 되는 게 있기는 합니다. 그래도 좋은 약이죠."

나쁘지 않은 약이다. 가능하다면 많은 이들이 쉽게 쓰고 싶게 만들고 싶은 약이기도 했다. 하지만 현재는 무리다.

"치료법이 보통하고는 좀 다르니…… 거부감이 드시는 분도 있긴 하더군요. 미리 이야기는 해 두었나요?"

"예. 그리고 우리가 그걸 따질 처지인가요. 후후."

처연한 웃음이다. 자신의 상황을 잘 알고 있는 하연화였기에 지을 수 있는 웃음이기도 했다.

"후우…… 점차 나아질 겁니다. 그래도요."

"그래야지요. 그래도 신의님이 아이들을 거두어 준 덕분에 기방에 많은 아이들이 살았습니다."

기방에도 딸려 있는 고아들이 많다. 병에 걸려 죽어버린 기녀들이 남기고 간 아이들이다.

제각기 사연은 비슷하지만, 죽어가던 기녀와의 정이 있기에 무작정 버릴 수만은 없는 아이들이 바로 그 아이들이다.

하지만 환경이 환경이지 않은가. 많은 나쁜 것들에 노출

이 될 수밖에 없었다.

그러니 운현에게로 가 있는 것이 그들에게는 훨씬 나은 삶이 될 수도 있었다.

"저를 지키기 위함이었는걸요. 대단한 일도 아닙니다."

"그래도 덕분에…… 많은 기녀들이 시름을 놓았지요. 저마다 처지가 있으니까요."

"좋게 작용해서 다행입니다. 그나저나 환자는 여기에 있는 것이지요?"

"예. 휴우. 너무 놀라시면 안 돼요."

드르륵.

문을 여는 소리가 크게 들린다. 손님을 받는 곳으로 사용하는 곳이 아닌 것인지, 관리가 덜 됐다.

'언제 봐도 이런 경우는…… 처참하군.'

안은 상황이 더욱 좋지 못했다.

야화라 불리는 기녀이지만, 몸이 좋지 못하게 되면 이런 상태가 되곤 한다. 아무런 관리도 못하는 상태.

"으…… 오, 오셨……."

"누워계시지요."

"흐으……."

누군가의 보살핌을 받지도 못하는 처지이니, 그들이 병에 걸리게 되면 보통의 병자보다 더욱 좋지 못하게 된다.

"……치료가 가능할까요?"

운현이 진맥을 하고 있으려니, 그녀가 조심스레 묻는다. 평소 친분이 두터운 여인인 듯 마음을 쓰고 있는 것이 보였다.

"해 봐야지요."

심각한 상태다.

전이라면 무리였을지도 모른다. 기를 주입한다고 해도 한계가 있을지도 모를 일이다. 그만큼 병이란 건 저항이 거셌다.

'지금은 다르지……'

내공을 쌓아 구십 년의 내공을 가지게 된 그다. 절정에 이르게 됨으로써 기의 수발이 더욱 견고해짐은 덤이었다.

거기다 신의기약이라 불리는 페니실린도 있지 않은가.

전에는 포기했을지 모를 병도 이제는 정복이 가능한 병이 되었다.

"으……"

고오—

생명의 기운을 내포한 선천진기를 전하여, 체력이 떨어지다 못해 고사되기 시작하는 몸에 기운을 불어 넣는다.

다른 내공과 다르게 생명의 기운이 더욱 가득한 선천진기였기에 효과는 바로 나타났다.

"아아……."

체력을 찾아 주지는 못했지만, 환자에게 안정은 가져다주었다. 치료를 함에 버틸 수 있는 작은 힘은 만들어 줄 수 있게 된 것이다.

'후우…… 이걸로도 내력 소모가 상당한데…….'

족히 이십 년 내공은 순식간에 소모한 듯했다.

단순히 잠시 안정을 가져다주는데 이십 년 내공이라니. 겉에 보이는 것 이상이다. 병마가 골수까지 치밀었다.

'해보자.'

지금까지는 죽기 직전의 환자들에게만 사용해 왔다.

여인들에게 사용하는 것은 약이 더 강화되고 라고 생각하고 있었기에 이번이 처음이다. 그러니 그에게도 지금의 상황은 중요했다.

해내야 한다.

"됐나요?"

운현이 치료를 하는 동안, 뻘뻘 땀을 흘리는 여인의 몸을 정성스레 닦아 주고 있던 하연화의 물음이다.

"일단…… 당장은 버틸 수 있을 겁니다."

"그럼 역시 치료는……."

안 되는 걸까요.

라는 말은 차마 하지 못하는 하연화다. 마음이 약해서 그러한 것이리라. 이곳에 있는 여인치고는 독기가 부족한 여인이었다.

"이제부터 해야지요. 후우. 더 집중하도록 하지요."

운현이 미리 준비해 왔던 페니실린을 주사기를 통해서 주입한다. 그러고는 약효가 돌기 시작함과 동시에 진기를 운용하여 전해 주기 시작했다.

페니실린의 약효를 강화시키기 위하여 자신의 진기를 사용하는 것이다.

'앞으로 한 시진마다 한 번······.'

몇 번을 더 반복해야 할지는 몰랐다.

"아······."

하지만 극적으로 점차 나아져 가는 여인이 눈앞에 있지 않은가.

병이 골수에 파고들기 이전에는 다른 야화들처럼, 한 떨기 꽃과 같았을 그녀를 살려낼 수 있을지도 몰랐다.

'······내가 할 수 있는 것은 이게 최선.'

야화들이 야화로서의 일을 그만하게 할 수도 없으며, 그들 모두를 구해줄 수도 없다.

허나 한 사람의 인간으로서 그들을 치료해 주는 것 정도는 상관할 수 있지 않겠는가. 그렇기에 운현은 그 누구보다 더 침잠해 들어갔다.

치료를 하기 위해서. 한 사람이나마 더 구하기 위해서.

$$* \quad * \quad *$$

모든 치료가 끝이 나기까지, 꼬박 이틀의 시간이 더 걸렸다.

"되었군요…… 후우."

"고생하셨어요."

그 사이 다른 의원들이 와서 여인들을 치료해 주기는 하였지만, 역시 가장 큰 공을 세운 자는 운현이라 할 수 있었다.

성병. 치료를 할 수 없는 병이라 알려진 그 병을 운현이 치료해 내었다.

다른 의원들은 이런저런 핑계로 피하기만 하는 병을 그는 직접 나서 치료를 해 준 것이다.

밤이면 야화들을 찾는 주제에, 정작 치료는 거절하는 그런 삿된 의원들과는 달랐다.

'역시……'

하연화 자신이 희망을 걸 만한 사람이었다.

"이대로 며칠 약을 먹고 나으면 될 겁니다. 그렇지만 역시…… 지금과 같은 일은 하지 않는 게 좋을 겁니다."

 "후후. 그렇겠지요. 제가 자리를 마련해 봐야겠지요."

 "정 안 되면 의방의 주방 일이라도 맡아주셔도 됩니다."

 "거기까지 신경을 쓰게 해드리고 싶지는 않네요. 이미 많은 것을 받고 있는 걸요."

주기적으로 해주는 운현의 치료. 의방 의원들의 도움.

그 덕분에 호북성 다른 현에 있는 기루들에 비해서 훨씬 나은 삶을 살고 있다. 그것을 잘 알고 있는 하연화다.

그 이상을 바라는 것은.

'역시 욕심……이겠지.'

안 된다. 그에게 더 많은 짐을 짊어지게 해서야 좋지 못했다. 지금 당장에 그는 자신에게 희망을 주는 것으로 족했다.

 "어차피 저희 주방에도 사람이 필요하기는 합니다. 입이 워낙 많아졌지 않습니까? 하하."

 "……배워야 할걸요? 저희는 아무래도 요리는 젬병이니까요. 후후."

 "아무렴 누가 처음부터 잘 하겠습니까? 다 그렇게 시작하는 거지요."

그와의 대화. 다른 사람에게는 항상 있을 일상의 대화를 하는 것으로도 하연화는 만족을 느꼈다.

지금 당장은.

하지만 조금씩 자라가는, 안에 꽈리를 틀고 있는 그 마음이 점점 더해진다면, 그때는.

'보기 어려울 지도…….'

그를 보기 힘들지도 몰랐다. 마음이 깊어져서야 희망이 아니라, 다른 무엇으로 변할지도 모르니까.

그를 가만 바라보고 있으려니, 운현이 짐짓 진지한 어조로 그녀에게 말을 건네었다.

"그나저나 묻고 싶은 것이 있었습니다."

"무엇이지요?"

"이번 의뢰 말입니다. 무인들을 구해 달라던 의뢰요."

"예."

"아무래도 뭔가 말이 잘못 전해지거나 한 거 같습니다. 제가 무인들을 알아봐 달라고는 했지만……."

뒷말은 하지 않아도 뻔하였다. 실례가 된다 생각해서 생략을 했겠지.

왜 하오문이 단순히 무인들을 찾아주는 정도가 아니라, 직접 나서 구해주기까지 했느냐는 말일 것이다.

언제나 중립을 말하는 하오문의 입장치고는 선을 넘었다.

"신의께서 많은 의뢰금을 챙겨주셔서 괜찮습니다."

"그래도 빚을 진 것 같습니다만은."

"후후. 대신에 우리를 이렇게 치료해 주고 계시잖아요? 그뿐이면 됩니다."

자신의 마음에 가진 희망을 말할 수는 없었다. 그것까지 말을 하게 되면 그에게 확실하게 짐을 지우게 된다.

딱 이 정도가 좋았다.

"휴우. 본인이 그렇게 말씀을 하신다면야 어쩔 수 없겠지만…… 우선 저는 빚으로 생각해두겠습니다."

"그런 말씀은 후회하실걸요? 하오문은 빚을 쉽게 거두지 않기로 유명하다구요."

"하하. 그것도 제 복이려니 해야겠지요. 그나저나 이번 일이 끝나면 다들 한번……."

그와 그녀의 작은 한담이 이어진다. 그녀는 언제까지나 이어지길 원하는 그런 한담이.

*   *   *

이미 통보는 받은 지 오래다.

처음 대사형에게 반항을 할 때. 자신이 나서게 될 것이라는 것을 직감하고 있었다.

하기야 상인 행세를 하면서 자신이 맡은 바는 주변의 동태를 살피는 것이지 않은가.

여름에 피는 꽃 301

그동안 여러 번 실패를 하였으니 실책은 충분했다. 자신을 버림패 삼을 명분도 충분하였다.

대사형을 제외하고 끝까지 정을 나눈 여러 사제, 사형들과 함께 하지 못 하는 것이 아쉬울 따름이다.

'그러니 쉽게 죽어 줄 수는 없지. 살 수 있다면 살아야 해.'

해서 그는 기회를 보았다. 마지막까지 할 수 있지 않을까 하는 기대를 안고서.

상인으로서 죽는다면, 화려하게 불태워 보고자 때를 살폈다. 아니 잘만 하면 죽지 않는 것으로 해결이 될지도 몰랐다.

이번에는 대사형이 놀랄 만한 공을 세우게 될지도 몰랐다.

그리고.

"이곳은 이 정도 수준인가?"

"일단은 그러한 듯합니다. 확실히 등산현과는 다르군요."

"신기하군. 같은 것인데도…… 흐음. 상인들은 이렇게 해서 번다는 것은 알았지만, 차이가 심하긴 하이."

"저희야 표행에 돈이 안 드니까 그렇지 않겠습니까?"

"허허. 그것도 그러하군."

이통표국의 국주가 행하는 행위를 살핌으로써 기회를 봤다. 자신이 크게 한 방 먹일 만한 기회를.

그들이 하는 일은 영역을 침범하는 일이다. 상인과 표국 간의 암묵적인 영역을 훼손하는 일이었다.

딱 적당한 일이지 않은가.

"잘됐군."

그가 나설 때가 되었다.

사람을 불러 모으고, 바람을 일으키리라. 이통표국과 신의에게 역풍을 불러일으킬 수 있는 바람을.

혼란스러운 그 바람 안에서 자신이 살 기회를 만들어보려 하는 그였다. 살기 위해서, 또한 대의를 위해서.

〈다음 권에 계속〉

DREAMBOOKS

DREAMBOOKS

DREAMBOOKS

DREAMBOOKS